COLECCIÓN
CLÁSICOS
JUVENILES

Bruño

EL FANTASMA DE CANTERVILLE
EL CRIMEN DE LORD ARTHUR SAVILE

Oscar Wilde

5.ª EDICIÓN

COLECCIÓN CLÁSICOS JUVENILES

Bruño

Título original: *The Canterville Ghost,* 1891; *Lord Arthur Savile's Crime,* 1891

Primera edición: abril 2009
Segunda edición: noviembre 2009
Tercera edición: julio 2010
Cuarta edición: marzo 2013
Quinta edición: febrero 2014

Directora del proyecto editorial: Trini Marull
Directora editorial: Isabel Carril
Editora: Begoña Lozano
Diseño de la colección: Pasión Gráfica, S. L.
Actividades: Natalia Bernabeu Morón
Ilustradora: Fátima García

Traducción de Alfonso Sastre y José Sastre
www.brunolibros.es

Grupo Editorial Bruño, S. L.
Juan Ignacio Luca de Tena, 15
28027 Madrid

ISBN: 978-84-216-6295-3
Depósito legal: M-29685-2010

Printed in Spain

Prólogo

Toda persona pública tiene varias o incluso muchas biografías, según la magnitud de su fama.

La primera de ellas es la real, la auténtica, la que efectivamente vivió esa persona, una biografía cuyos recovecos, luces y oscuridades solo el propio protagonista conoce, y que desaparece para siempre, con sus secretos más íntimos, cuando muere.

La segunda categoría la componen aquellas biografías que escriben o cuentan otros basándose en investigaciones y hechos contrastados, o a veces no tan contrastados. En rigor, ninguna de estas biografías puede considerarse definitiva, y resulta imposible definir su veracidad, especialmente cuando se redactan tras la muerte del personaje. ¿Quién puede saber que son ciertas? ¿Qué puede saber nadie de lo que pasa o pasó en el corazón o en la mente de otros?

Y por último están las narraciones inventadas, con más o menos buena fe, sobre esa persona.

En relación con el escritor irlandés Oscar Wilde podemos decir que su biografía real solo él la vivió, y dado que murió hace más de un siglo, nadie más puede conocerla.

Sobre la segunda categoría, es sabido que se escribió y se escribe mucho a propósito de Wilde, hombre popularísimo en su tiempo, y que durante años algunas de esas biografías trataron de denostarlo y anatemizarlo, aunque, desde hace ya mucho, su figura, tan injustamente tratada en su tiempo, pervive reivindicada en nuestro recuerdo. Pero sumando unas y otras, adversas y favorables, podemos trazar el mapa básico de la vida de Wilde: escritor brillante y de éxito, su condición sexual propició que pasara de ser una fulgurante estrella adorada por todos a convertirse en personaje marcado, hasta tal punto que hubo de terminar por exiliarse en Francia. Sin embargo, Oscar Wilde ha permanecido y permanece en nuestra memoria como ejemplo de creador prolífico, lleno de talento, multidisciplinar, vanguardista y crítico con el tiempo que le tocó, a la vez que coherente con su propia forma de entender la vida: un artista del siglo XXI, época que tal vez le habría gustado conocer. Y es ahí, en el siglo XXI, donde me voy a permitir ambientar una inofensiva elucubración biográfica sobre el irlandés; pertenecería al tercer grupo, el de las ideas biográficas directamente inventadas, aunque en este caso con buena fe.

De haber vivido hoy, Oscar Wilde no habría sido escritor, sino estrella de rock o director de cine; o quizá ambas cosas a la vez.

Ser estrella de rock es para muchas personas, yo entre ellas, un frustrado sueño de juventud que, como tantos otros sueños, nunca llega a ser real. Por supuesto, hacen falta cualidades, además de trabajo y talento, pero como nadie puede comprobar lo contrario, yo me permito suponer que Wilde poseía esas cualidades. Imagino al rockero Wilde transgresor y brillante, interesado en sus hipotéticas letras y canciones por temas comprometidos y oscuros que sin duda habría tratado con la ironía que lo caracterizaba. Tal vez no es casual que en el cementerio parisino donde reposa Wilde se encuentre también, a pocos metros, la tumba del no menos mítico Jim Morrison, cantante del grupo The Doors fallecido en la capital francesa por sobredosis de droga a principios de la década de 1970, cuando solo contaba veintisiete años. Hay un hilo invisible que de alguna manera une a esos dos hombres de talento desbocado. A ese imaginario Oscar Wilde de nuestro frenético siglo, ¿no resulta fácil visualizarlo en la cima del éxito? Para mí sería una mezcla de David Bowie y Sting con Pedro Almodóvar aliñado con un toque de Alfred Hitchcock.

Porque es en esa hipotética faceta del Wilde cineasta como resulta más fácil abordar los dos cuentos que se reúnen en este libro, *El fantasma de Canterville* y *El crimen de lord Arthur Savile.*

Una de las cuestiones más difíciles al presentar autores del pasado ante los lectores de hoy es que estos suelen mirar con prejuicios a esos escritores que consideran rancios y antiguos, pertenecientes a una época extinguida que ni refleja ni puede reflejar las inquietudes e intereses de una persona actual, y probablemente incapaces, además, de hacer un libro que no resulte aburrido. Oscar Wilde es todo lo contrario, y mientras la única novela que escribió, *El retrato de Dorian Gray,* es una de las grandes historias de terror de todos los tiempos, estos dos cuentos son divertidísimas comedias negras, una abiertamente humorística e irónica sobre las tribulaciones de un pobre fantasma de la vieja Europa machacado por la familia norteamericana que ha adquirido el castillo donde habita, y otra mucho más inquietante –si el lector bucea en sus profundidades– sobre un hombre predestinado a cometer un crimen contra su voluntad. Yo propondría a los lectores de esta edición de *El fantasma de Canterville* y *El crimen de lord Arthur Savile* que dejen volar su imaginación visual y traten de «ver», desde las respectivas primeras páginas de los cuentos, la película que contienen; aparte de los brillantes argumentos, visualizar los decorados, los posibles actores y –en el caso de *El fantasma de Canterville*– hasta los evidentes efectos especiales que el relato sugiere. Probablemente, ese lector dispuesto al juego se preguntará cómo es posible que ningún productor de ese Hollywood quejoso de que hoy día faltan buenos argumentos no haya reparado en cualquiera de estas historias para trasladarla a la pantalla.

La buena literatura es, ante todo, aquella que despierta en el lector el deseo de pasar la página y seguir leyendo, y Oscar Wilde viene aquí a demostrarlo. Los libros como este, pequeñas joyas que contienen piezas brillantes y representativas de sus autores, son en realidad ventanas que nos permiten asomarnos a la obra de un autor. Al terminar este prólogo y pasar a la primera frase del texto, el lector tiene ante sí mucho más que dos relatos de calidad: la posibilidad de conocer a Oscar Wilde, su peripecia vital, su mirada sobre el mundo y, en definitiva, los fragmentos de su espíritu, que todos los grandes escritores saben adherir a sus páginas.

FERNANDO MARÍAS

EL FANTASMA DE CANTERVILLE

Novela hilo-idealista[1]

I

Cuando míster Hiram B. Otis, el ministro americano, compró la mansión de Canterville, todos le dijeron que había hecho una gran tontería, pues no cabía duda de que aquel lugar estaba embrujado. En realidad, el mismo lord Canterville, que era un hombre de mucho honor, se creyó en el deber de mencionar el hecho a míster Otis cuando se pusieron a discutir las condiciones.

–Ni siquiera nosotros queremos vivir aquí –dijo lord Canterville– desde que mi tía abuela, la duquesa viuda de Bolton, se llevó un gran susto, del que nunca consiguió recuperarse, cuando un día, mientras se vestía para la cena, sintió que sobre sus hombros se posaban las dos manos de un esqueleto; y siento tener que decirle, míster Otis, que el fantasma ha sido visto por varios miembros de mi familia, así como por el párroco, reverendo Augustus Dampier, que es miembro del King's College de Cambridge. Después del infortunado accidente de la duquesa, ninguno de

[1] el hilo-idealismo defiende la idea de que la percepción de la realidad varía según las creencias de cada persona. Oscar Wilde hace referencia a él en el subtítulo de esta obra con una intención claramente irónica, pues, como el lector podrá comprobar en la lectura, el autor se burla de las convenciones estereotipadas de las narraciones de fantasmas que tanto éxito tenían en su época.

nuestros jóvenes quiso permanecer aquí, y lady Canterville no podía dormir por las noches a consecuencia de misteriosos ruidos que procedían del pasillo y la biblioteca.

–Querido lord –contestó el ministro–, me quedaré con los muebles y el fantasma en lo que estén valorados. Procedo de un país moderno, donde el dinero puede comprarlo todo; y con toda nuestra gente joven pasándoselo bien en el viejo mundo y llevándose a sus mejores actrices y *primadonnas*[2], estoy seguro de que si hubiera un fantasma en Europa, ya estaría en uno de nuestros museos o como atracción en una caseta de feria.

–Temo que el fantasma exista –dijo lord Canterville sonriendo–, aunque se haya resistido a las tentadoras ofertas de sus empresarios. Se le conoce desde hace tres siglos, desde 1584 exactamente, y siempre hace su aparición antes de la muerte de algún miembro de nuestra familia.

–Bueno, entonces es una especie de doctor familiar, lord Canterville. Pero los fantasmas no existen, señor, y no se van a variar las leyes de la naturaleza para satisfacer a la aristocracia británica.

–Ciertamente, son ustedes muy realistas en América –contestó lord Canterville, sin comprender del todo la última observación de míster Otis–, y entiendo que no crean que puede haber un fantasma en esta casa. Solamente quiero que recuerde que yo se lo advertí.

Unas semanas después se arregló la venta, y al final de la temporada, el ministro y su familia entraron en la mansión de Canterville. Mistress Otis, que con el nombre de miss Lucretia R. Tappan, de West Street, 53, había sido una célebre belleza de Nueva York, era una maravillosa

[2] italianismo que se refiere a las cantantes que representan el papel principal de una ópera.

mujer de edad mediana, de ojos bellísimos y soberbio perfil. Muchas mujeres americanas, al dejar su país natal, adoptan un aspecto de enfermas crónicas, creyendo que esta es una forma de refinamiento europeo, pero mistress Otis nunca cayó en este error. Tenía una magnífica constitución y una estupenda salud. En realidad, en muchos aspectos era una verdadera inglesa, y constituía un excelente ejemplo del hecho de que tenemos muchas cosas comunes con América hoy día, excepto, desde luego, el idioma. Su hijo mayor, bautizado por sus padres con el nombre de Washington en un momento de patriotismo, del que él nunca dejó de lamentarse, era un joven rubio de buena presencia, que se había calificado para la diplomacia americana al erigirse en árbitro de los bailes del casino de Newport durante tres temporadas sucesivas, y hasta en Londres era bien conocido como excelente bailarín. Las gardenias y los títulos eran sus únicas debilidades. Por otra parte, era extraordinariamente sensible. Miss Virginia E. Otis era una muchachita de quince años, esbelta y graciosa como una gacela y con unos grandes ojos azules bellísimos. Era una magnífica amazona, y una vez corrió con el viejo lord Bilton en una carrera de dos vueltas al parque, ganándole por un cuerpo y medio justamente frente a la estatua de Aquiles, ante el enorme entusiasmo del joven duque de Cheshire, que se le declaró en ese instante, por lo que fue enviado a Eton de nuevo esa misma noche por sus tutores, yéndose hecho un mar de lágrimas. Después de Virginia venían los gemelos, a los que se solía llamar «Barras y Estrellas»[3], porque siempre estaban agitados y moviéndose. Eran dos muchachos deliciosos, y, junto con el ministro, los únicos republicanos de la familia.

[3] alusión a la bandera de Estados Unidos.

bruñidas: relucientes, brillantes.

Como la mansión de Canterville está a siete millas de Ascot, la estación más cercana, míster Otis había telegrafiado para que fuera un coche a recogerlos y se instalaron en él muy animados. Era un bello atardecer de julio y en el aire flotaba el aroma de los pinos. De cuando en cuando oían el dulce canto de algún pichón o veían aparecer entre los árboles las magníficas plumas bruñidas de un faisán. Pequeñas ardillas corrían entre las ramas de los árboles a su paso, y los conejos saltaban entre los arbustos y las rocas musgosas con sus pequeñas y blancas colas al aire. Cuando entraron en el paseo de la mansión de Canterville, sin embargo, el cielo se llenó de repente de nubes, una curiosa calma pareció reinar en el ambiente y una bandada de cuervos pasó sobre sus cabezas; antes de llegar a la casa empezaron a caer grandes goterones.

Salió a recibirlos una vieja mujer vestida con seda negra y tocada con una cofia y un delantal blancos. Era mistress Umney, el ama de llaves, a quien mistress Otis, a petición de lady Canterville, había permitido seguir en su empleo. Les hizo una ligera inclinación cuando entraron y dijo con tono amanerado:

–Les doy la bienvenida a la mansión de Canterville.

Siguiéndola, entraron a través de un bello vestíbulo de estilo Tudor[4] en una biblioteca grande y de techo bajo con paneles de roble oscuro, al final de la cual había un gran ventanal. Aquí encontraron el té servido, y, después de quitarse los gabanes, se sentaron y empezaron a mirar a su alrededor, mientras mistress Umney los observaba.

[4] se denomina así un estilo artístico y arquitectónico que floreció durante el reinado de la dinastía inglesa Tudor (desde el ascenso al trono de Enrique VII, en 1485, hasta la muerte de Isabel I, en 1603) caracterizado por el abandono progresivo de las formas medievales, que empiezan a ceder frente a los ideales renacentistas.

De repente, mistress Otis vio una mancha sobre el piso junto a la chimenea y, completamente inconsciente de lo que aquello realmente significaba, le dijo a mistress Umney:

–Allí está el suelo un poco manchado.

–Sí, señora –replicó la vieja ama de llaves en voz baja–; esa mancha es de sangre derramada.

–¡Qué horror! –exclamó mistress Otis–. No quiero manchas de sangre en ninguna habitación. Hay que limpiarla inmediatamente.

La vieja mujer sonrió y contestó en el mismo tono bajo y misterioso:

–Es sangre de lady Eleanore Canterville, que fue asesinada ahí por su propio marido, sir Simon de Canterville, en 1575. Sir Simon vivió nueve años más, y después desapareció de repente en circunstancias muy misteriosas. Su cuerpo nunca ha sido descubierto, pero su espíritu atormentado aún habita en la mansión. La mancha de sangre ha sido admirada por muchos turistas, y no se puede quitar.

–Todo eso es una tontería –exclamó Washington Otis–. El quitamanchas *Campeón, de Pinkerton*, y el detergente *Paragón* pueden limpiarla en un instante.

Y antes de que la aterrada ama de llaves pudiera detenerlo, se había arrodillado, empezando a frotar el suelo con una pequeña barrita oscura que parecía cosmético. A los pocos momentos, la mancha de sangre había desaparecido.

–Sabía que *Pinkerton* lo conseguiría –exclamó triunfalmente, mirando a su alrededor para observar a su orgullosa familia.

Pero nada más decir esto, un terrible relámpago iluminó la sombría habitación, y el estruendo de un potentísimo trueno les hizo ponerse en pie, mientras mistress Umney caía desmayada.

–¡Qué clima tan desagradable! –dijo el ministro americano tranquilamente, encendiendo un gran puro–. Me parece que este viejo país está tan superpoblado que nunca hace buen tiempo para todos. Siempre he pensado que la emigración es la única solución para los ingleses.

–Mi querido Hiram –exclamó mistress Otis–, ¿qué se puede hacer con una mujer que se ha desmayado?

–Descontárselo del sueldo –contestó el ministro–; así no volverá a suceder.

Y, ciertamente, a los pocos segundos, mistress Umney volvió en sí. Sin embargo, no cabía duda de que estaba muy impresionada, y le aseguró a míster Otis que tenía el presentimiento de que alguna desgracia iba a suceder en la casa.

–He visto cosas con mis propios ojos, señor –dijo–, que harían poner los pelos de punta a cualquier cristiano; muchas noches no he podido cerrar los ojos a causa de las terribles cosas que aquí ocurren.

Sin embargo, míster Otis y su esposa aseguraron a la buena mujer que no temían a los fantasmas, y ella, después de invocar a la providencia en favor de sus nuevos amos y conseguir un aumento de sueldo, se marchó a su habitación.

II

La tormenta rugió fieramente toda esa noche, pero no ocurrió nada de particular. A la mañana siguiente, sin embargo, cuando bajaron a desayunar, se encontraron de nuevo en el suelo la terrible mancha de sangre.

–No creo que pueda ser un defecto del detergente *Paragón* –dijo Washington–, porque lo he probado con todo. Debe de haber sido el fantasma.

Decidió borrar por segunda vez la mancha, pero a la mañana siguiente apareció otra vez. La tercera mañana también estaba allí, aunque míster Otis había cerrado la biblioteca con llave, y se la había llevado a su habitación. Toda la familia estaba ahora muy intrigada. Míster Otis empezó a sospechar que había sido demasiado dogmático al negar la existencia de los fantasmas; mistress Otis expresó su idea de formar parte de la Sociedad Psicológica[5], y

dogmático: inflexible, intransigente.

[5] en la época en que Wilde escribía esta narración se estaba desarrollando la psicología como ciencia y Freud estaba gestando su teoría del psicoanálisis, la cual cambiaría para siempre la visión de la personalidad humana, incidiendo en todos los campos del saber: la sociología, la historia, la educación, la antropología y las artes. El interés por esta nueva ciencia determinó la aparición de asociaciones dedicadas a su estudio, las cuales eran vistas con cierto escepticismo por las mentes más cerradas. La alusión que se hace aquí a la Sociedad Psicológica se basa en la ironía. El señor Otis, ante la evidencia de la existencia

Washington escribió una larga carta a los señores Myers y Podmore sobre el tema de la «Permanencia de las manchas de sangre cuando están relacionadas con un crimen». Esa noche, a nadie le cupo duda de que el fantasma existía.

El día había sido cálido y soleado, y con el frescor de la noche, toda la familia salió a dar un paseo en coche. No volvieron hasta las nueve, hora en que tomaron una ligera cena. La conversación no versó en ningún momento sobre fantasmas, así que no se dieron ni siquiera esas condiciones primarias de expectación receptiva que tan frecuentemente preceden a un fenómeno psicológico. Los temas sobre los que se habló, por lo que contó después míster Otis, fueron los corrientes entre americanos cultos de la clase alta, tales como la inmensa superioridad como actriz de miss Fanny Davenport sobre Sarah Bernhardt[6]; la dificultad de conseguir maíz verde, tortas de trigo negro y polenta aun en las mejores casas inglesas; la importancia de Boston en el desarrollo del espíritu universal; las ventajas del sistema de facturación de equipajes en los viajes por tren, y la dulzura del acento de Nueva York comparado con la terrible pronunciación de Londres. No se habló para nada de hechos sobrenaturales ni se aludió en ningún momento a sir Simon de Canterville. A las once, la familia se retiró a dormir, y a la media hora todas las luces estaban apagadas. Algún tiempo después, míster Otis se despertó a causa de un curioso ruido que venía del corredor. Era un sonido como de metales entrechocando y parecía acercarse a cada momento. Se levantó enseguida, encendió una cerilla y miró la hora. Era exactamente la una.

del fantasma, decide creer en la psicología y piensa que quizá deba asociarse a alguno de esos círculos de estudio de esta nueva y «extraña» ciencia.

[6] actrices conocidas de la época; la segunda de ellas era amiga personal de Wilde.

oblongo: más largo que ancho.

Estaba muy tranquilo; se tomó el pulso y vio que no estaba alterado en absoluto. El extraño ruido continuaba todavía, y a la vez se oía rumor de pasos. Se puso las zapatillas, cogió un pequeño frasco oblongo de la mesilla y abrió la puerta. Justamente frente a él vio, a la pálida luz de la luna, a un viejo de terrible aspecto. Sus ojos eran de color rojo, como carbones encendidos; el largo pelo gris le caía por los hombros enmarañado; sus vestiduras, de corte antiguo, estaban manchadas y harapientas, y de sus muñecas y tobillos colgaban pesados grilletes sujetos por argollas oxidadas.

–Mi querido señor –dijo míster Otis–, realmente debo aconsejarle que engrase esas cadenas; por eso le he traído este pequeño frasco de *Tammany Rising Sun Lubricator*. Se dice que es eficaz con solo aplicarlo una vez, y en las indicaciones encontrará varios testimonios a este respecto de nuestras más eminentes personalidades. Se lo dejaré aquí, junto a los candelabros; me agradará mucho proporcionarle más si lo necesita.

Con estas palabras, el ministro americano dejó el frasquito sobre una mesa de mármol y, cerrando la puerta, se retiró a descansar.

Por un instante, el fantasma de Canterville permaneció completamente inmóvil a causa de la natural indignación. Después, arrojando violentamente el frasco contra el brillante suelo, se marchó deprisa por el corredor, lanzando gemidos cavernosos y despidiendo una tétrica luz verde. Sin embargo, justo en el instante en que llegó a lo alto de la gran escalera de roble, se abrió de repente una puerta y aparecieron dos pequeñas figuras vestidas de blanco, que le arrojaron un gran almohadón, rozándole la cabeza. Era evidente que no tenía tiempo que perder, así

tétrica: triste, demasiado seria, grave y melancólica.

que, adoptando la cuarta dimensión del espacio como único medio de escape, se desvaneció a través del muro, y la casa quedó completamente tranquila.

Cuando llegó a su cuartito secreto del ala izquierda, se apoyó en un rayo de luna para recobrar la respiración normal, y se puso a intentar comprender su situación. Nunca, en su brillante carrera de trescientos años, había sido tan groseramente insultado. Pensó en la duquesa viuda, quien, cubierta de diamantes y encajes, tuvo un ataque de espanto al verlo, mientras se miraba al espejo; pensó en las cuatro doncellas que se volvieron histéricas después de verlo a través de las cortinas de un dormitorio deshabitado; en el párroco, cuya vela apagó de un soplo una noche cuando venía de la biblioteca y que desde entonces tuvo que estar bajo los cuidados de sir William Gull, completamente enfermo de los nervios; en la vieja madame de Tremouillac, que al despertarse una mañana vio a un esqueleto sentado en un sillón junto a la chimenea leyendo su diario, por lo cual tuvo que guardar cama seis semanas, presa de un ataque cerebral, y al recobrarse se reconcilió con la Iglesia, rompiendo sus relaciones con aquel famoso escéptico, monsieur de Voltaire[7]. Recordó la terrible noche en que el anciano lord Canterville fue encontrado ahogándose en sus habitaciones, con la sota de diamantes atravesada en la garganta, confesando poco antes de morir que con aquella carta había estafado 50 000 libras a

[7] pseudónimo con el que pasó a la historia de la literatura y de la filosofía François Marie Arouet (París, 1694-1778), escritor y filósofo francés, máximo representante de la Ilustración. Fue un activo opositor de la Iglesia católica de su época, la cual representaba para él la intolerancia y la injusticia. Según este autor, la labor del ser humano es tomar las riendas de su destino y mejorar su condición mediante las artes, la ciencia y la técnica. Su filosofía práctica prescinde de Dios, aunque él no es ateo, sino deísta: como el reloj supone el relojero, el universo implica la existencia de un «eterno geómetro».

Charles James Fox, en Crockford[8], y juró que el fantasma le había obligado a tragársela. Vinieron a su memoria sus tiempos gloriosos, desde el mayordomo que se pegó un tiro en la despensa al ver una mano verde que golpeaba los cristales de la ventana, hasta la bella lady Stutfield, que se vio obligada a llevar siempre una cinta de terciopelo negro alrededor del cuello para ocultar las marcas de cinco dedos candentes que se posaron en su blanca piel, y que terminó arrojándose al estanque de las carpas, al final de King's Walk. Con el entusiasmo ególatra del verdadero artista evocó sus más célebres actuaciones, sonriendo amargamente al recordar su última aparición como «Rubén el Rojo, o el niño estrangulado», su debut como «El anciano Gibeón, o el vampiro de Bexley Moor», y el furor y la gran excitación que causó una tranquila noche de junio por el simple hecho de jugar a las tabas con sus propios huesos en la pista de tenis. Y después de todo esto ¡venían unos miserables americanos modernos, le ofrecían el *Rising Sun Lubricator* y le arrojaban almohadones a la cabeza! Era completamente intolerable. Además, ningún fantasma en la historia había sido tratado de aquella manera. Por tanto, decidió vengarse, y permaneció hasta el alba en actitud de profunda meditación.

ególatra: persona que siente una excesiva veneración por sí misma.

[8] en esta cita, el autor comete un anacronismo, ya que Crockford, casa de juegos frecuentada asiduamente por la aristocracia londinense de la época, se fundó en 1827, mientras que el conocido político liberal británico Charles James Fox falleció en 1806.

III

A la mañana siguiente, cuando la familia Otis bajó a desayunar, se discutió extensamente el asunto del fantasma. El ministro americano se molestó un poco, como es de suponer, al descubrir que su regalo no había sido aceptado.

–No es mi deseo –dijo– ofender personalmente al fantasma, y debo decir que, teniendo en cuenta la gran cantidad de tiempo que ha habitado en esta casa, creo que es una desconsideración arrojarle almohadones.

Una observación muy justa, la cual, siento decirlo, hizo que los gemelos se rieran a carcajadas.

–Por otra parte –continuó–, si se niega a usar el *Rising Sun Lubricator,* nos veremos obligados a quitarle las cadenas. Sería imposible dormir con ese ruido en los pasillos.

Durante el resto de la semana, sin embargo, no fueron molestados, y lo único que suscitó la atención general fue la continua reaparición de la mancha de sangre en el suelo de la biblioteca. Esto era ciertamente muy extraño, ya que míster Otis cerraba todas las noches la puerta con llave y atrancaba las ventanas firmemente. El continuo cambio de color de la mancha también suscitó muchos comentarios. Algunas mañanas era de un rojo oscuro, casi índigo; otras era bermellón; otras, de brillante púrpura, y una vez, al bajar a rezar las oraciones familiares, según el rito de la Iglesia Libre Episcopal Reformada de América, vieron que era de un brillante verde esmeralda.

índigo: azul oscuro.

La segunda aparición del fantasma fue la noche del domingo. Poco después de irse a la cama les sobresaltó de repente un terrible estruendo que vino del vestíbulo. Bajaron corriendo las escaleras y vieron una gran armadura vieja que se había desprendido de su pedestal, cayendo al suelo, mientras, sentado en un gran sillón, el fantasma de Canterville se frotaba las rodillas con una expresión de agudo dolor en el rostro. Los gemelos, que habían bajado sus cerbatanas, le dispararon enseguida dos pelotillas, con esa puntería que solo puede adquirirse a fuerza de una cuidadosa práctica, sobre el profesor de caligrafía, mientras el ministro americano le apuntaba con su revólver y le ordenaba, de acuerdo con el protocolo californiano, que levantara los brazos. El fantasma dio un salto con un alarido de rabia y pasó a través de ellos como si fuera niebla, apagando, al cruzar, la vela que sostenía Washington Otis, dejándolos, por tanto, en la más completa oscuridad. Al llegar a lo alto de la escalera se serenó un poco y decidió lanzar su célebre carcajada demoníaca. En más de una ocasión había sido muy útil. Se decía que a causa de ella, el pelo de lord Raker se había puesto gris en una sola noche, y ciertamente había hecho que las tres doncellas francesas de lady Canterville se despidieran antes de transcurrido un mes. Por eso lanzó su más horrible carcajada, que resonó en toda la casa, de habitación en habitación; pero apenas extinguido su eco, se abrió una puerta y apareció mistress Otis vestida con un salto de cama azul.

–Temo que no se encuentre bien –dijo–, por eso le he traído este frasquito de jarabe del doctor Dobelí. Si es algo de indigestión, encontrará en él un excelente remedio.

El fantasma la miró furioso y empezó enseguida a hacer preparativos para transformarse en un gran perro negro, lo cual le había hecho justamente famoso y a lo que el doctor de la familia atribuía la permanente idiotez del tío de lord Canterville, el honorable Thomas Horton. Sin embargo, el ruido de pasos que se acercaban le hizo desistir de su propósito, contentándose con volverse ligeramente fosforescente y desvanecerse con un profundo gemido horripilante en el instante en que los gemelos se acercaban a él.

Al llegar a su habitación se derrumbó, enteramente destrozado y presa de la más violenta agitación. La vulgaridad de los gemelos y el grosero materialismo de mistress Otis le causaron el natural enfado, pero lo que más le desquiciaba era no haber podido ponerse su armadura. Había abrigado la esperanza de que hasta los americanos modernos se impresionarían ante la aparición de un espectro con armadura, aunque no fuera más que por el respeto que debían a su poeta nacional, Longfellow[9], cuyos graciosos y bellos poemas le habían hecho pasar muchas horas agradables cuando los Canterville se iban a la ciudad. Además, era su propia armadura. Había ganado con ella

[9] Henry Wadsworth Longfellow (1807-1882) fue un poeta estadounidense autor de la primera traducción americana de la *Divina comedia*, de Dante Alighieri. Su poesía habla de temas cotidianos y sencillos con un léxico simple y un lenguaje fluido. Se alude a él aquí por su composición «Un esqueleto en el armario».

un torneo en Kenilworth, siendo felicitado nada menos que por la propia Reina Virgen[10]. Sin embargo, cuando se la puso se derrumbó bajo el peso del gran peto y del yelmo de acero, y cayó pesadamente como una piedra sobre el suelo, magullándose mucho las rodillas y despellejándose los nudillos de la mano derecha.

Durante varios días estuvo enfermo y apenas salió de su habitación, excepto para renovar debidamente la mancha de sangre. Sin embargo, a fuerza de muchos cuidados consiguió recuperarse y decidió hacer un tercer intento de asustar al ministro americano y a su familia. Eligió un viernes, día 17 de agosto, para hacer su aparición, y pasó la mayor parte del día buscando en su guardarropa, decidiéndose al final por un gran gorro con una pluma roja, un sudario con vueltas en los puños y el cuello y una daga oxidada. Al atardecer se declaró una violenta tormenta de lluvia, y el viento era tan fuerte que hacía resonar las puertas y ventanas de la vieja casa. En realidad, este era el tiempo que más le gustaba. Su plan de acción era el siguiente: entraría silenciosamente en la habitación de Washington Otis, le haría muecas desde los pies de la cama y se apuñalaría tres veces en su propio cuello al son de una música lenta. Tenía una manía especial a Washington a causa de su costumbre de borrar la famosa mancha de sangre de Canterville con el detergente *Paragón, de Pinkerton*. Una vez reducido aquel osado y molesto joven a un estado de terror abyecto, pasaría a la habitación ocupada por el ministro americano y su esposa y pondría una

sudario: lienzo que se pone sobre el rostro de los difuntos o en que se envuelve el cadáver.

abyecto: despreciable, vil.

[10] se refiere a Isabel I, reina de Inglaterra, Francia e Irlanda desde el 17 de noviembre de 1558 hasta el día de su muerte, el 24 de marzo de 1603. Se esperaba que contrajera matrimonio, pero pese a varias peticiones del Parlamento, nunca lo hizo, por lo que fue conocida como «la Reina Virgen».

viscosa: pegajosa.

averno: infierno.

mano viscosa sobre la frente de mistress Otis, murmurando a la vez al oído de su tembloroso marido los horrorosos secretos del averno. Con respecto a la pequeña Virginia, aún no había decidido lo que haría. Ella nunca lo había insultado, además era bonita y gentil. Pensó que unos cuantos gemidos desde el armario serían más que suficientes, y si esto no la hacía despertarse asustada, daría unos tirones a su colcha con dedos temblorosos. En cuanto a los gemelos, estaba completamente decidido a darles una buena lección. Lo primero que haría, desde luego, sería sentarse sobre sus pechos hasta producirles una sensación de agobiante pesadilla. Después, como sus camas estaban muy cerca la una de la otra, se alzaría entre ambas adoptando la forma de un cadáver verde y frío, hasta que se quedaran paralizados de terror, y finalmente se quitaría el sudario y se arrastraría por la habitación enseñando sus blancos huesos y con un ojo dando vueltas en su órbita, en el papel de «Daniel el imbécil, o el esqueleto suicida», una actuación que había surtido gran efecto en más de una ocasión, y que él consideraba tan buena como su personificación de «Martín el maniático, o el misterioso enmascarado».

A las diez y media oyó que la familia se iba a la cama. Durante algún tiempo le molestaron las salvajes carcajadas de los gemelos, que con la alegría y despreocupación de los escolares jugaban y se divertían antes de irse a descansar; pero a las once y cuarto todo estaba tranquilo, y cuando sonaron las campanadas de la medianoche salió a llevar a cabo sus propósitos. Una lechuza golpeó los cristales de la ventana, un cuervo lanzó sus graznidos desde un añoso tejado y el viento gimió alrededor de la casa como un alma en pena; pero la familia Otis dormía inconsciente

añoso: que tiene muchos años.

de su destino, y entre el estruendo de la lluvia y la tormenta pudo oír los ronquidos del ministro americano. Atravesó silenciosamente el muro con una sonrisa diabólica en su boca cruel y arrugada; la luna se escondió tras una nube cuando él pasó junto al gran ventanal donde se alzaban el escudo de armas de su esposa y el suyo propio enmarcados en oro y azur. En algún momento creyó oír un ruido y se detuvo; pero era solamente el aullido de algún perro desde Red Farm[11], por lo que siguió su camino murmurando extraños juramentos del siglo XVI y blandiendo la daga oxidada en la tenue oscuridad de la medianoche. Por fin llegó a la esquina del corredor que se encontraba cerca de la habitación del infortunado Washington. Durante un instante se detuvo allí, mientras el viento agitaba sus largos cabellos grises y contorsionaba en grotescas y fantásticas formas de horror sin nombre los pliegues de su sudario. En ese momento, el reloj dio el cuarto y sintió que había llegado la hora. Sonrió malignamente para sí mismo y entró en el corredor; pero tan pronto como lo hubo hecho, de su garganta salió un alarido de terror; retrocedió y ocultó su blanquecino rostro con sus esqueléticas manos. ¡Justamente frente a él se erigía un horrible espectro, inmóvil como una imagen cavernosa y monstruoso como el sueño de un loco! Su cabeza era lisa y brillante, y su cara, blanca y redonda; una espantosa sonrisa parecía torcer sus labios en un eterno rictus. De sus ojos parecían salir rayos de luz escarlata; su boca era como un gran pozo de fuego, y un repugnante sudario parecido al suyo envolvía como silenciosa nieve sus formas de titán. De su cuello colgaba una extraña leyenda escrita en caracteres antiguos; seguramente era un cartel infamante, una rela-

azur: azul oscuro.

[11] la granja Roja.

ción de espantosos pecados o alguna horrorosa lista de crímenes. En su mano derecha asía un gran sable de reluciente acero.

Nunca había visto un fantasma, por eso se asustó terriblemente y, después de lanzar una segunda mirada fugaz al espectro, retrocedió corriendo a su habitación, pisándose el sudario al pasar por el corredor y dejando caer por fin la daga oxidada junto a las botas del ministro, donde el mayordomo la encontró a la mañana siguiente. Una vez en su cuarto secreto se dejó caer sobre una pequeña litera y escondió el rostro entre sus vestiduras. Sin embargo, al cabo de un rato se impuso en él el viejo y bravo espíritu de los Canterville, y decidió ir a hablar con el otro fantasma tan pronto como se hiciera de día. Por eso, cuando la luz del alba puso reflejos plateados en las colinas, volvió al lugar donde por primera vez había visto al espectro, pensando que, después de todo, dos fantasmas serían mejor que uno, y que con la ayuda de su nuevo amigo podría escarmentar a los gemelos. Sin embargo, al llegar al lugar se encontró con una cosa terrible. Evidentemente, algo le había ocurrido al espectro, porque la luz había desaparecido por completo de sus hundidos ojos, el brillante alfanje había caído de su mano y el cuerpo se apoyaba contra la pared en una extraordinaria e incómoda postura. Se adelantó y lo cogió en sus brazos, viendo con horror que la cabeza se desprendía y rodaba por el suelo y que el cuerpo se doblaba, encontrándose con que tenía en los brazos una escoba envuelta en una blanca colcha y que a sus pies había un cuchillo de cocina y una calabaza vacía. Incapaz de entender esta curiosa transformación, cogió el letrero con manos febriles, y allí, a la luz grisácea de la mañana, leyó estas terribles palabras:

alfanje: especie de sable, corto y corvo, con filo solamente por un lado, y por los dos en la punta.

hhjllañañ
hhjllañ
..-x.-çx.çç
x.Xx

EL FANTASMA OTIS,
EL ÚNICO ESPECTRO VERDADERO
Y ORIGINAL.
DESCONFÍE DE LAS IMITACIONES.
TODOS LOS DEMÁS SON FALSOS.

De repente se dio cuenta de la verdad. ¡Había sido engañado, burlado, vencido! La vieja expresión de los Canterville apareció en sus ojos; apretó sus desdentadas mandíbulas y, levantando sus huesudas manos por encima de su cabeza, juró, de acuerdo con la pintoresca fraseología de la vieja escuela, que cuando el gallo cantara por segunda vez ocurrirían hechos sangrientos y el crimen vagaría por la casa con pasos silenciosos.

Apenas hubo terminado este horrible juramento cuando, desde el rojo tejado de una granja lejana, un gallo cantó. Lanzó una risa prolongada, grave, amarga, y esperó. Esperó hora tras hora, pero el gallo, por alguna extraña razón, no volvió a cantar. Finalmente, a las siete y media, la llegada de las doncellas le obligó a desistir de su horrible espera, y tuvo que volver a su habitación, pensando en su malogrado propósito. Allí consultó varios libros de caballerías, en los que vio que en todas las ocasiones que se había usado este juramento, el gallo siempre había cantado por segunda vez.

–¡Maldita sea esa asquerosa ave! –murmuró–. ¡En otro tiempo le habría ensartado el cuello con mi lanza, haciéndole cantar para mí hasta su muerte!

Después se retiró a un confortable ataúd de plomo, donde permaneció allí hasta la noche.

IV

Al día siguiente, el fantasma estaba muy débil y cansado. La terrible excitación de las cuatro últimas semanas había empezado a dejar sentir sus efectos. Sus nervios estaban completamente alterados y se sobresaltaba al oír el más ligero ruido. Durante cinco días permaneció en su habitación, y decidió por fin dejar de renovar la mancha de sangre en el suelo de la biblioteca. Si la familia Otis no la quería, era porque no la merecía. Evidentemente, eran seres materialistas e inferiores, incapaces de apreciar el valor simbólico de los fenómenos sensitivos. La cuestión de las apariciones fantasmales y el desarrollo de los cuerpos astrales era, por supuesto, una cosa completamente diferente, y en realidad estaba fuera de su control. Consideraba que era su deber aparecer en el corredor una vez por semana y gemir desde el gran ventanal los primeros y terceros miércoles de cada mes, y no veía la manera honrosa de escapar a estas obligaciones. Cierto es que había llevado una vida malvada, pero, por otra parte, era responsable en todo lo referente a los asuntos sobrenaturales. Por eso los tres sábados siguientes atravesó el corredor, como era su costumbre, entre las doce de la noche y las tres de la madrugada, tomando todas las precauciones posibles para no ser visto ni oído. Se quitaba las botas y pisaba lo más suavemente posible sobre el viejo suelo de madera, envuelto en un gran manto de terciopelo negro y teniendo buen cuidado de usar el *Rising Sun Lubricator* para sus cadenas. Me veo en la obligación de decir que le costó mucho trabajo adoptar esta última medida, pero por fin se dio cuenta de que era un magnífico medio de protección. Y una noche, mientras la familia estaba cenando, se deslizó dentro del dormitorio de míster Otis y se llevó el frasquito. Al principio se sintió un poco humillado, pero después tuvo que reconocer que aquel era un gran invento y que, en cierto modo, servía a sus propósitos. A pesar de todo esto, no dejaron de molestarle. Continuamente se encontraba con cuerdas tendidas de una parte a otra del corredor, en las cuales tropezaba y caía en la oscuridad; y en una ocasión, vestido de «Isaac el negro, o el cazador del bosque de Hogley», tuvo una fuerte caída al pisar un trecho resbaladizo que los gemelos habían preparado a la entrada del salón de tapices, en la parte alta de la escalera de roble. Este insulto lo enfureció tanto que decidió hacer un último esfuerzo para imponer su dignidad y su posición social, haciéndose el propósito de visitar a los insolentes jóvenes a la noche siguiente en su célebre personificación de «Ruperto el temerario, o el conde sin cabeza».

No había aparecido con este disfraz desde hacía más de setenta años; en resumen, desde que con él había asustado tanto a la bella lady Barbara Modish, que rompió por eso su compromiso con el abuelo del actual lord Canterville y se marchó a Gretna Green con el guapo Jack Castleton, declarando que nada en el mundo la induciría a formar parte de una familia que permitía a tan horrible espectro pasear por la terraza a la llegada del crepúsculo. El pobre Jack murió poco después en un duelo a pistola con lord Canterville en Wandsworth Common, y lady Barbara murió antes de que acabara el año con el corazón destrozado por el dolor; así que el disfraz tuvo un éxito completo. Era, sin embargo, una caracterización que exigía un trabajo de maquillaje extremadamente difícil, si se me permite usar esta expresión teatral para referirme a uno de los más grandes misterios de lo sobrenatural, o, empleando un término más científico, del mundo supranatural; el hecho es que los preparativos le llevaron más de tres horas. Por fin todo estuvo dispuesto, y él se quedó muy satisfecho de su aspecto. Las grandes botas de cuero que hacían juego con el traje le estaban un poco grandes, y solo pudo encontrar una de las pistolas; pero, a pesar de esto, estaba completamente satisfecho, y a la una menos cuarto atravesó el muro, deslizándose hacia el corredor. Al llegar a la habitación ocupada por los gemelos, que ya debí decir antes que se llamaba el dormitorio azul, a causa del color de sus cortinajes, vio que la puerta estaba ligeramente entreabierta. Pensó en hacer una entrada espectacular, la abrió de par en par, y en ese momento le cayó encima un cubo lleno de agua, empapándole por completo; por dos pulgadas no llegó a descoyuntarle el hombro. Al instante oyó risas ahogadas procedentes de las camas. Este golpe fue tan grande para su sistema nervioso que volvió a toda la velocidad que pudo a su habitación, y al día siguiente tuvo que permanecer en cama con un fuerte resfriado. La única cosa que le consoló fue no haber llevado su cabeza consigo, porque, de haberlo hecho, las consecuencias habrían sido muy serias.

A partir de entonces perdió toda esperanza de asustar a esta grosera familia americana, y se contentó con deslizarse por los pasillos en zapatillas de paño con una gruesa bufanda roja alrededor del cuello por temor a la corriente y un pequeño arcabuz para el caso de que fuera atacado por los gemelos. El 19 de septiembre recibió el golpe final. Había bajado las escaleras hacia el gran vestíbulo, sintiéndose seguro de que allí, por lo menos, no sería molestado, y se empezó a entretener haciendo observaciones satíricas sobre las grandes fotografías de Saroni[12] del ministro americano y su esposa, que habían sustituido a los retratos de la familia Canterville. Iba vestido vulgar, pero decentemente, con un largo sudario manchado de moho de cementerio; se había atado la mandíbula con una cinta de lino amarillo, y llevaba una pequeña linterna y una pala de sepulturero. En realidad iba vestido para el papel de «Jonás el insepulto, o el ladrón de cadáveres de Chertsey Barn», una de sus más célebres actuaciones, que los Canterville recordaban porque fue el auténtico motivo de su pelea con su vecino lord Rufford. Eran aproximadamente las dos y cuarto de la madrugada y, por lo que pudo observar, no había nadie levantado. Sin embargo, cuando se dirigía a la biblioteca para ver si había algún resto de la mancha de sangre, de repente salieron de un rincón oscuro dos figuras que, levantando los brazos por encima de la cabeza, le gritaron «¡Uuuuuh!» al oído.

Presa de un pánico que en aquellas circunstancias era más que natural, salió corriendo hacia la escalera, pero

[12] se refiere a Oliver Saroni, fotógrafo que estableció su estudio en Nueva York. Muchas personas viajaban hasta su residencia para ser retratados por él; entre ellos, Oscar Wilde.

allí se encontró a Washington Otis esperándolo con la gran manguera del jardín; cercado como estaba por el enemigo, no vio otro camino que desvanecerse por el gran fogón de hierro, que, afortunadamente para él, no estaba encendido; tuvo que pasar a través de tubos y chimeneas, y llegó a su habitación en un terrible estado de cansancio, suciedad y desesperación.

Después de esto no se le vio otra vez en ninguna expedición nocturna. Los gemelos lo esperaron en varias ocasiones y llenaron de cáscaras de nueces los corredores todas las noches, ante el disgusto de sus padres y los criados, pero todo fue en vano. Como consecuencia, míster Otis volvió a trabajar en su gran obra sobre la historia del Partido Demócrata, la cual había comenzado algunos años antes; mistress Otis organizó una maravillosa fiesta campestre que fue el asombro de la región; los muchachos se dedicaron a jugar al *lacrosse*[13], al *enchre,* al póquer[14] y a otros juegos nacionales americanos; y Virginia cabalgó por la campiña acompañada del joven duque de Cheshire, que había ido a pasar la última semana de sus vacaciones a la mansión de Canterville. Se daba por hecho que el fantasma se había ido, y por eso míster Otis escribió una carta a lord Canterville diciéndoselo, y este le contestó expresando su gran alegría por esta noticia y enviando sus mejores saludos a la digna esposa del ministro.

Sin embargo, los Otis estaban equivocados, porque el fantasma aún permanecía en la casa, y aunque ahora era casi un inválido, no estaba dispuesto a dejar las cosas como estaban, especialmente cuando se enteró de que en-

[13] juego rápido en el que se enfrentan dos equipos de diez jugadores cada uno. Los jugadores llevan palos con una red en la parte superior (denominados *crosses* en francés) y han de pasar y agarrar una pelota de goma con el fin de meter goles en la red del equipo contrario.

[14] el *enchre* y el póquer son juegos de naipes.

tre los invitados estaba el joven duque de Cheshire, cuyo tío abuelo, lord Francis Stilton, había apostado cierta vez cien libras con el coronel Carbury a que jugaría a los dados con el fantasma de Canterville, encontrándoselo a la mañana siguiente tendido en el suelo del salón de juego en tal estado de parálisis que, aunque vivió mucho tiempo, nunca fue capaz de decir otra cosa que «seis doble». Se habló mucho en su tiempo de esta historia, aunque, desde luego, se respetaron los sentimientos de las dos familias, que intentaron por todos los medios acallarla; un relato completo de este suceso puede encontrarse en el tercer volumen de las *Memorias del Príncipe Regente y sus amigos,* escritas por lord Tattle. El fantasma, por tanto, estaba ansioso por demostrar que no había perdido su influencia sobre los Stilton, con los cuales realmente tenía un parentesco lejano, pues una prima suya se casó *en secondes noces*[15] con el señor de Bulkeley, del cual, como todo el mundo sabe, el duque de Cheshire desciende en línea directa. Por consiguiente, decidió aparecerse al joven amante de Virginia en su célebre caracterización de «El monje vampiro, o el benedictino desangrado», un papel tan horrible que cuando la vieja lady Startus lo vio en aquella fatal Nochevieja del año 1764, empezó a lanzar los más agudos chillidos, que culminaron en un violento ataque de apoplejía, muriendo tres días más tarde, después de desheredar a los Canterville, que eran sus parientes más cercanos, y dejando todo su dinero a su boticario de Londres. Sin embargo, en el último momento, su terror a los mellizos le hizo quedarse en su habitación, y el joven duque pudo dormir en paz y soñar con Virginia bajo el gran dosel coronado de plumas del dormitorio real.

apoplejía: derrame sanguíneo en el cerebro.

[15] expresión francesa que quiere decir «en segundas nupcias».

V

Unos días más tarde, Virginia y su acompañante de pelo rizado salieron a caballo por los prados de Brockley, donde ella se rompió su chaquetilla al saltar un seto, de tal forma que al volver a casa entró por la escalera de atrás para no ser vista. Cuando pasaba corriendo junto al salón de tapices, cuya puerta estaba entreabierta, creyó ver a alguien dentro, y pensando que era la doncella de su madre, que a veces acostumbraba a trabajar allí, entró para pedirle que le cosiera la chaquetilla. Sin embargo, con inmensa sorpresa, vio que era ¡el fantasma de Canterville en persona! Estaba sentado junto a la ventana contemplando los rugosos árboles agitados por el viento y las hojas que danzaban locamente por la larga avenida. Tenía la cabeza apoyada en una mano y su actitud era de completa depresión. En verdad, tan abatido y decrépito era su aspecto, que la pequeña Virginia, cuyo primer pensamiento fue salir corriendo hacia su habitación, sintió lástima y decidió consolarlo. Tan suave era el paso de ella y tan profunda la melancolía de él, que el fantasma no se dio cuenta de su presencia hasta que la niña le habló:

decrépito: achacoso y senil.

–Lo siento por usted –dijo–, pero mis hermanos van a volver de Eton[16] mañana, aunque si usted se porta bien, nadie le molestará.

–Es absurdo pedirme que sea bueno –contestó, mirando con asombro a la bella muchachita que se había aventurado a dirigirse a él–, completamente absurdo. Debo arrastrar mis cadenas, gemir por las cerraduras y vagar toda la noche por la mansión, si es a eso a lo que te refieres. Es mi razón de existir.

–Esa no es ninguna razón de existir, y bien sabe usted que ha sido muy malo. Mistress Umney nos dijo, el día que llegamos aquí, que había matado a su esposa.

–Bueno, lo admito –dijo el fantasma con petulancia–, pero fue un asunto puramente familiar y que no interesa a nadie.

petulancia: insolencia, arrogancia, presunción excesiva del que está convencido de su propia superioridad.

–Es malo matar –dijo Virginia, que a veces tenía una dulce gravedad puritana, heredada de algún antepasado de Nueva Inglaterra.

–¡Oh! ¡Odio la severidad barata de la ética abstracta! Mi esposa era muy fea, nunca almidonó bien mis puños y cuellos y no sabía nada de cocina. Una vez cacé un ciervo en Hogley Woods, una pieza magnífica, ¿y sabe cómo lo sirvió en la mesa? Bueno, eso no importa ahora, ya ha pasado, pero no creo que estuviera bien que sus hermanos me dejaran morir de hambre porque la maté.

–¿Murió de hambre? Oh, señor fantasma, quiero decir sir Simon, ¿tiene apetito? Tengo aquí un bocadillo, ¿le gustaría comérselo?

–No, gracias, ahora nunca como; pero de todas formas es muy amable por su parte ofrecérmelo; es usted mu-

[16] prestigioso colegio británico de carácter privado donde se educan los hijos de las familias de clase alta.

cho mejor que el resto de su horrible, ruda, vulgar y deshonesta familia.

–¡Alto! –exclamó Virginia, golpeando el suelo con el pie–. Usted sí que es rudo, horrible y vulgar; y en cuanto a deshonesto, usted robó las pinturas de mi caja de acuarelas para renovar esa ridícula mancha de sangre de la biblioteca. Primero cogió todos mis rojos, incluido el bermellón, y no pude pintar puestas de sol; después cogió el verde esmeralda y el amarillo, y, finalmente, solo me dejó el índigo y el blanco de China, y únicamente pude pintar claros de luna, que siempre son deprimentes y nada fáciles de pintar. Nunca lo dije, aunque estaba muy enfadada y aquello era ridículo. ¿Ha visto alguna vez sangre verde esmeralda?

–Bueno, realmente –dijo el fantasma con algo de humildad–, ¿qué iba a hacer? Es muy difícil conseguir sangre verdadera hoy día, y como su hermano empezó con su detergente *Paragón,* ciertamente no vi razón para no coger sus pinturas. En cuanto al color, todo es cuestión de gustos; los Canterville tienen sangre azul, por ejemplo, la más azul de Inglaterra; pero ya sé que los americanos no dan importancia a estas cosas.

–Usted no sabe nada, y lo mejor que puede hacer es emigrar para enterarse. Mi padre tendría mucho gusto en proporcionarle un pasaje gratis, y aunque hay que pagar una tasa alta por toda clase de espíritus, no habría dificultad con la aduana, porque los empleados son demócratas. Una vez en Nueva York, seguro que obtendría gran éxito. Sé que mucha gente daría cien mil dólares por tener un abuelo, y mucho más por tener un fantasma en la familia.

–No creo que me gustara América.

–Supongo que será porque no tenemos ruinas ni antigüedades –dijo Virginia irónicamente.

–¡Ni ruinas ni antigüedades! –contestó el fantasma–. Pero tienen su marina y sus modales.

–Buenas noches; voy a pedirle a papá una semana de vacaciones extra para los gemelos.

–Por favor, no se vaya, señorita Virginia –exclamó él–. Estoy tan solo y soy tan desgraciado, que realmente no sé qué hacer. Quiero dormir y no puedo.

–¡Eso es absurdo! Simplemente tiene que irse a la cama y apagar la vela. Lo que sí es difícil a veces es estar despierto, sobre todo en la iglesia, pero dormir es facilísimo. Hasta los niños saben hacerlo, y no son muy inteligentes.

–Yo no duermo desde hace trescientos años –dijo tristemente, y los bellos ojos azules de Virginia se abrieron asombrados–. Hace trescientos años que no duermo, y estoy tan cansado...

Virginia se puso seria y sus pequeños labios temblaron como pétalos de rosa. Se acercó a él y, arrodillándose a su lado, contempló su viejo y arrugado rostro.

–Pobre..., pobre fantasma –murmuró–; ¿y no tiene dónde dormir?

–Allá lejos, tras los pinos –contestó él con voz baja y soñadora–, hay un pequeño jardín. Allí crece la hierba alta y tupida y nacen las grandes estrellas blancas de la flor de la cicuta, y el ruiseñor[17] canta toda la larga noche. Canta toda la larga noche, y la luna fría y cristalina se mece en el aire, mientras el tejo extiende sus gigantescos brazos sobre los durmientes.

[17] la cicuta, planta venenosa a veces utilizada en leves cantidades como narcótico, tiene pequeñas flores de color blanco; la unión simbólica de la planta con el ruiseñor recuerda el famoso poema del romántico inglés John Keats titulado «Oda al ruiseñor», muy apreciado por Wilde.

Los ojos de Virginia se llenaron de lágrimas y escondió el rostro entre sus manos.

–Se refiere al Jardín de la Muerte –susurró.

–Sí, la muerte. ¡Qué bella debe de ser la muerte! ¡Yacer bajo la húmeda y oscura tierra, con las hierbas meciéndose sobre nuestra cabeza y escuchando el silencio! No tener ayer ni mañana. Olvidar el tiempo, perdonar la vida, estar en paz. Usted puede ayudarme. Puede abrir para mí las puertas de la Casa de la Muerte, porque el Amor está siempre con usted, y el Amor es más fuerte que la Muerte.

Virginia tembló; un frío estremecimiento recorrió su cuerpo y por unos instantes permaneció en silencio. Le pareció que aquello era un terrible sueño.

Entonces el fantasma habló de nuevo y su voz sonó como el gemido del viento.

–¿Ha leído alguna vez la vieja profecía que hay sobre el ventanal de la biblioteca?

–¡Oh, con frecuencia! –exclamó la muchachita alzando la vista–. La sé de memoria. Está escrita con curiosas letras negras y es difícil de leer. Hay solamente seis líneas:

CUANDO UNA MUCHACHA RUBIA PUEDA CONSEGUIR
QUE SALGA UNA ORACIÓN DE LOS LABIOS DEL PECADO,
CUANDO EL ALMENDRO ESTÉRIL FLOREZCA,
Y UNA PEQUEÑA NIÑA DERRAME SUS LÁGRIMAS,
ENTONCES LA CASA SE QUEDARÁ TRANQUILA
Y VOLVERÁ LA PAZ A CANTERVILLE.

»Pero no sé lo que quieren decir.

–Quieren decir –exclamó él tristemente– que usted debe llorar por mí y por mis pecados, porque yo no tengo lágrimas, y rezar conmigo por mi alma, porque yo no tengo fe, y entonces, si siempre ha sido usted dulce, buena y gentil, el ángel de la muerte se apiadará de mí. Verá usted horribles espectros en la oscuridad y voces malignas murmurarán en su oído, pero no podrán hacerle nada, porque contra la pureza de una niña los poderes del infierno son inútiles.

Virginia no contestó, y el fantasma se retorció las manos con desesperación, mirando la inclinada cabecita rubia. De repente, ella se levantó, muy pálida y con una extraña luz en los ojos.

–No tengo miedo –dijo firmemente–, y pediré al ángel que se apiade de usted.

antaño: en un tiempo pasado.

Él se levantó dando un leve grito de alegría, y cogiéndole la mano, se la besó con la gracia de antaño. Sus dedos estaban fríos como el hielo y sus labios ardían como el fuego, pero Virginia no titubeó cuando fue conducida a través del sombrío cuarto. Los tapices de color verde pálido estaban bordados con pequeños cazadores, que tocaron sus trompetas de caza invitándola a retroceder. «¡Vuelve atrás, pequeña Virginia! –gritaban–. ¡Vuelve atrás!». Pero él la cogió más firmemente de la mano y ella cerró los ojos. Horribles animales con cola de lagarto y ojos saltones la miraban desde las tallas de la chimenea y murmuraban: «¡Cuidado, pequeña Virginia! ¡Cuidado! No volveremos a verte más». Pero el fantasma aceleró el paso y Virginia no los escuchó. Cuando llegaron al fondo de la habitación, él se detuvo y murmuró algunas palabras que ella no pudo entender. Abrió los ojos y vio que el muro se desvanecía como si fuera niebla y un gran túnel oscuro apareció ante ella. Una corriente fría los rodeó y ella sintió que le tiraban del vestido.

—¡Rápido, rápido —exclamó el fantasma—, o será demasiado tarde!

Y al instante, la pared se cerró tras ellos y el salón de tapices quedó vacío.

VI

Unos diez minutos más tarde sonaba el timbre para el té, y como Virginia no había bajado, mistress Otis envió un criado para avisarla. Al poco tiempo volvió este y dijo que no había podido encontrar a miss Virginia en ningún sitio. Como ella tenía costumbre de salir al jardín todas las tardes y coger flores para la cena, mistress Otis no se alarmó al principio, pero cuando el reloj dio las seis y Virginia no había aparecido, empezó a sentirse realmente preocupada y envió a los muchachos a buscarla, mientras ella misma y míster Otis registraban todas las habitaciones de la casa. A las seis y media volvieron los muchachos diciendo que no habían encontrado ni rastro de su hermana. Todos estaban excitadísimos y no sabían qué hacer. De repente, míster Otis recordó que unos días antes había dado permiso a una caravana de gitanos para acampar en el parque. Decidió ir inmediatamente, acompañado de su hijo mayor y de dos criados de la granja, a Blackfall Hollow. El pequeño duque de Cheshire, que estaba alarmadísimo, pidió que le permitieran ir, pero míster Otis no le dejó, porque temía que hubiera alguna escaramuza. Sin embargo, al llegar al lugar vieron que los gitanos se habían ido, y era evidente que su partida había sido bastante precipitada, pues aún ardía un poco de fuego y algunos platos estaban abandonados sobre la hierba. Después de encargar a Washington y a los dos hombres recorrer la zona, regresó a casa y envió telegramas a todos los inspectores de policía de la comarca, diciéndoles que buscasen a una pequeña muchacha que había sido raptada por los gitanos. Ordenó que volvieran a traerle su caballo y salió hacia Ascot Road con un palafrenero, después de insistir en que su esposa y sus hijos se sentaran a cenar. Sin embargo, apenas había cabalgado un par de millas cuando oyó un galope detrás de él, y al volver la cabeza vio al pequeño duque, que venía en su caballo con el rostro congestionado y sin sombrero.

palafrenero: criado que lleva del freno al caballo.

–Lo siento mucho, míster Otis –dijo jadeando el muchacho–, pero no podía cenar pensando en que Virginia está perdida. Por favor, no se enfade conmigo; si nos hubiera dejado prometernos el año pasado, esto nunca habría sucedido. No me hará regresar, ¿verdad? ¡No quiero volver! ¡No puedo volver!

El ministro no pudo menos que sonreír al joven, conmovido por la devoción que este sentía por Virginia, y dándole un golpecito en el hombro, dijo:

–Bien, Cecil; si no quieres regresar, supongo que tendrás que venir conmigo. Pero debo comprarte un sombrero en Ascot.

–¡Oh, al diablo el sombrero! ¡Yo quiero a Virginia! –exclamó el joven duque riendo.

Y empezaron a galopar hacia la estación de ferrocarril. Allí, míster Otis preguntó al jefe de estación si había visto a alguien que respondiera a la descripción de Virginia, pero todo fue inútil. Sin embargo, el jefe de estación les aseguró que guardaría una estrecha vigilancia; y después de comprar un sombrero para el duque en una tienda que estaba a punto de cerrar, míster Otis cabalgó hacia Bexley, un pueblo que estaba a más de cuatro millas de distancia, y en el que se sabía que acampaban muchos gitanos, pues tenía un gran prado muy cerca. Allí preguntaron al policía rural, pero no pudieron conseguir de él ninguna información y, después de recorrer la región, volvieron grupas, llegando a la mansión de Canterville a eso de las once, muertos de cansancio y con el corazón destrozado. Encontraron a Washington y a los gemelos esperándolos en la puerta con linternas, pues el paseo estaba muy oscuro. Los gitanos habían sido alcanzados en las afueras de Broxley, pero la niña no estaba con ellos, y explicaron que su repentina partida se debió a un error en la fecha de la feria de Chorton, por lo que habían salido precipitadamente ante el temor de llegar tarde a ella. En realidad se sintieron muy apenados por la desaparición de Virginia, pues estaban muy agradecidos a míster Otis por haberles permitido acampar en su parque, y cuatro de ellos se quedaron para ayudar a buscarla. Fue vaciado el estanque de las carpas y se buscó de arriba abajo por todo el parque, pero sin ningún resultado. Era evidente que, al menos por esa noche, Virginia seguiría perdida; y en un profundo estado de depresión, míster Otis y los muchachos se dirigieron a la casa, seguidos por el palafrenero, que llevaba los caballos. En el vestíbulo encontraron un grupo de asustados sirvientes, y tumbada en un sofá de la habitación, mistress Otis se agitaba presa de terror y agonía, mientras la vieja ama de llaves le refrescaba la frente con agua de colonia. Míster Otis insistió en que había que comer algo y ordenó que se sirviera la cena para todos. Fue una cena melancólica, en la que apenas se habló; hasta los gemelos estaban serios y acongojados, pues querían mucho a su hermana. Cuando terminaron, míster Otis, a pesar de los ruegos del duque, ordenó a todos que se fueran a la cama, diciendo que no podía hacerse nada más por esa noche, y que a la mañana siguiente telegrafiaría a Scotland Yard para que enviase algunos detectives enseguida. Justo cuando salían del corredor, el reloj de la torre empezó a dar las doce, y cuando sonó la última campanada oyeron un gran ruido, seguido de un grito agudo; un horroroso trueno hizo temblar la casa, una música irreal flotó en el aire, un panel del muro en lo alto de la escalera se abrió con gran ruido, y por él apareció Virginia, muy pálida y llevando un cofrecillo en sus manos. En un instante, todos estuvieron junto a ella. Mistress Otis la estrujó entre sus brazos, el duque la llenó de violentos besos y los gemelos ejecutaron una danza india de guerra alrededor del grupo.

–¡Cielo santo, hija! ¿Dónde has estado? –dijo míster Otis un poco enfadado, pensando que les había gastado una broma pesada–. Cecil y yo hemos recorrido toda la comarca buscándote, y tu madre se ha llevado un susto de muerte. No debes volver a gastar bromas de esta clase.

–¡Excepto al fantasma! ¡Excepto al fantasma! –gritaron los gemelos dando saltos.

–Hija querida, gracias a Dios que te hemos encontrado; no vuelvas a dejarnos nunca –murmuró mistress Otis besando a la temblorosa criatura y acariciando su pelo dorado.

–Papá –dijo Virginia tranquilamente–, he estado con el fantasma. Está muerto, y debes venir a verlo. Había sido muy malo, pero se arrepintió de verdad de todo lo que había hecho, y me dio este cofre con bellas joyas antes de morir.

Toda la familia la miró con mucho asombro, pero ella tenía una expresión seria y grave; y dándose la vuelta los condujo a través del hueco del muro por un estrecho corredor; Washington los seguía con una vela encendida que había agarrado de la mesa. Finalmente, llegaron ante una gran puerta de roble remachada con viejos clavos. Cuando Virginia la tocó, giró sobre sus goznes y se encontraron en una habitación de techo bajo y abovedado con una pequeña ventana enrejada. Empotrada en el muro había una gruesa argolla de hierro, y encadenado a ella, un descarnado esqueleto que estaba tumbado cuan largo era sobre el suelo de piedra y que parecía intentar alcanzar con sus blancos dedos una vieja escudilla y una jarra que estaban fuera de su alcance por pocas pulgadas. La jarra, evidentemente, había estado llena de agua, pues se hallaba cubierta en su interior de moho verdoso. En la escudilla solo había una capa de polvo. Virginia se arrodilló junto al esqueleto y, juntando sus manecitas, empezó a rezar en voz baja, mientras los demás contemplaban con asombro la horrible tragedia que acababan de descubrir.

escudilla: vasija ancha y de forma de media esfera.

—¡Eh! —exclamó de repente uno de los gemelos, que había estado mirando por la ventana para intentar descubrir en qué parte de la casa se encontraba la habitación—. ¡Eh! El viejo y reseco almendro ha florecido. Puedo ver las flores claramente a la luz de la luna.

—Dios le ha perdonado —dijo Virginia en tono grave. Y mientras se levantaba, una bella luz pareció iluminar su rostro.

—¡Eres un ángel! —exclamó el joven duque echándole los brazos al cuello y besándola.

VII

Cuatro días después de estos curiosos incidentes, un cortejo fúnebre salía de la mansión de Canterville a eso de las once de la noche. La carroza iba tirada por ocho caballos negros, cada uno de los cuales llevaba en su cabeza un gran penacho de plumas de avestruz, y el ataúd de plomo estaba cubierto por un rico palio purpúreo, en el cual iban bordadas en oro las armas de los Canterville. Junto a la carroza y a los demás coches iban andando los criados, que portaban antorchas encendidas. El cortejo era impresionante. Lord Canterville presidía el duelo, pues había venido para eso expresamente de Gales, e iba sentado en el primer coche, junto a la pequeña Virginia. Luego iban el ministro americano y su esposa; después, Washington y los tres muchachos, y en el último coche se sentaba mistress Umney. Todos opinaban que, como el fantasma la había asustado durante más de cincuenta años de su vida, ella tenía derecho a ver su definitiva desaparición. Había sido cavada una profunda fosa en un rincón del cementerio, precisamente bajo el viejo tejo, y el reverendo Augustus Dampier leyó los oficios de la forma más impresionante. Cuando terminó la ceremonia, los criados, según una vieja costumbre observada en la familia Canterville, apagaron sus antorchas, y cuando el ataúd fue introducido en la fosa, Virginia se adelantó y colocó una cruz hecha con flores blancas y rosadas de almendro. Al hacer esto, la luna salió de detrás de una nube e inundó con su reflejo plateado todo el cementerio al tiempo que se oyó el canto lejano de un ruiseñor. Ella pensó en la descripción que el fantasma le había hecho del Jardín de la Muerte y sus ojos se llenaron de lágrimas; en el camino de regreso a casa apenas habló.

A la mañana siguiente, antes de que lord Canterville regresara a la ciudad, míster Otis tuvo una entrevista con él para tratar del asunto de las joyas que el fantasma le había dado a Virginia. Eran magníficas, especialmente un collar de rubíes de viejo estilo veneciano, que realmente era un soberbio ejemplar del siglo XVI, y su valor era tan grande que míster Otis sintió muchos escrúpulos en permitir que su hija se quedase con ellas.

–Milord –dijo–, sé que en este país se aplica la ley de la «mano muerta»[18] tanto a pequeños objetos como a tierras, y comprendo que esas joyas son, o deberían ser, propiedad de su familia. Por eso debo pedirle que se las lleve a Londres y las considere simplemente como una parte de sus pertenencias recibidas en unas condiciones ciertamente extrañas. En cuanto a mi hija, es solo una niña y además, y me agrada decirlo, tiene poco interés por los objetos de lujo. Mi esposa, que es una entendida en arte, pues ha tenido el privilegio de pasar varios inviernos en Boston cuando aún era una muchacha, me ha informado de que esas gemas tienen un gran valor monetario, y si se vendieran se obtendría por ellas un alto precio. Por este

[18] término legal que se refiere a un traspaso de tierra a perpetuidad llevado a cabo por una institución o una familia.

motivo, lord Canterville, estoy seguro de que comprenderá que es imposible que yo pueda permitir que permanezcan en posesión de algún miembro de mi familia; y, además, estos adornos superfluos, que pueden ser buenos y hasta necesarios para la dignidad de la aristocracia británica, están completamente fuera de lugar entre los que nos hemos educado entre los severos, y yo creo que inmortales, principios de la sencillez republicana. Sin embargo, debo decirle que Virginia quisiera quedarse con el cofre como recuerdo de su infortunado antepasado. Como está muy viejo y deteriorado, he pensado que quizá no le importaría a usted acceder a su deseo. Por mi parte, confieso que me llevé una gran sorpresa al ver que una hija mía demuestra interés por cualquier clase de medievalismo, y solamente puedo explicar esto por el hecho de que Virginia nació en uno de los barrios extremos de Londres poco tiempo después de que mistress Otis volviera de un viaje a Atenas.

Lord Canterville escuchó muy serio el gran discurso del ministro, atusándose el bigote de cuando en cuando para ocultar una involuntaria sonrisa, y cuando míster Otis terminó, le estrechó cordialmente la mano y le dijo:

–Mi querido amigo: su encantadora hijita hizo un gran favor a sir Simon, mi infortunado antecesor, y mi familia y yo estamos en deuda con ella por su maravilloso valor y decisión. Las joyas son suyas sin discusión, y, además, creo que si tuviéramos la desvergüenza de arrebatárselas, mi viejo antepasado saldría de su tumba y me perseguiría durante toda la vida. En cuanto a que sean una herencia nuestra, no se puede heredar nada que no esté mencionado en un testamento legal, y la existencia de esas joyas la ignoraba por completo. Le aseguro que yo no tengo más derecho a ellas que su mayordomo, y cuando miss Virginia sea mayor, seguramente le gustará lucir cosas bonitas. Además, usted olvida, míster Otis, que compró todos los muebles y objetos de la casa, incluido el fantasma, y, por tanto, todo lo que a este pertenecía pasó a su poder, puesto que, a pesar de las andanzas nocturnas de sir Simon por los corredores, él estaba legalmente muerto, y la compra le hacía dueño a usted de sus propiedades.

A míster Otis le contrarió mucho la negativa de lord Canterville, y le pidió que volviera a considerar su decisión, pero este se mantuvo firme y finalmente convenció al ministro para que permitiera a su hija quedarse con lo que el fantasma le había dado, y cuando, en la primavera de 1890, la joven duquesa de Cheshire fue presentada a la reina con ocasión de su matrimonio, sus joyas fueron motivo general de admiración. Porque Virginia recibió la corona ducal, que es la recompensa para todas las buenas muchachas americanas, casándose con su enamorado tan pronto como este fue mayor de edad. Ambos eran tan encantadores y se amaban tanto, que todos se alegraron de su enlace, excepto la vieja marquesa de Dumbleton, que había intentado cazar al duque para una de sus siete hijas solteras, y había dado nada menos que tres costosas fiestas con este propósito. Y aunque parezca raro, el propio míster Otis tampoco se alegró mucho, pues, a pesar de que le agradaba en extremo la personalidad del joven duque, teóricamente se oponía a los títulos, y, según sus propias palabras, «temía que entre las enervantes influencias de la vida placentera de la aristocracia se olvidaran los verdaderos principios de la sencillez republicana». Sus objeciones, sin embargo, fueron olvidadas pronto, y creo que cuando caminaba del brazo de su hija en la iglesia de San

Jorge, en Hannover Square, no había un hombre que se sintiera más orgulloso de una parte a otra de Inglaterra.

El duque y la duquesa, cuando terminaron su luna de miel, fueron a la mansión de Canterville, y al día siguiente de su llegada entraron en el solitario cementerio que había más allá de los pinos.

Hubo al principio bastante dificultad en elegir la inscripción que había que poner en la tumba de sir Simon, pero por último se decidió grabar simplemente las iniciales del viejo caballero y los versos que había sobre el ventanal de la biblioteca. La duquesa llevó unas bellas rosas, que colocó sobre la tumba; y después de permanecer allí algún tiempo, se pusieron a pasear por las ruinas de la vieja abadía. La duquesa se sentó sobre una columna caída, mientras su esposo, recostado a sus pies, fumaba un cigarrillo y contemplaba sus maravillosos ojos. De repente arrojó el cigarrillo, cogió la mano de su esposa y dijo:

–Virginia, una mujer no debe tener secretos para su marido.

–¡Querido Cecil! Yo no los tengo para ti.

–Sí los tienes –contestó él sonriendo–. Nunca me has dicho lo que ocurrió mientras estuviste con el fantasma.

–Nunca se lo he dicho a nadie –dijo Virginia en tono serio.

–Ya lo sé; pero a mí deberías decírmelo.

–Por favor, no me pidas eso, Cecil; no puedo. ¡Pobre sir Simon! Le debo mucho. Sí, no te rías, Cecil; es cierto. Me hizo ver lo que es la vida y lo que significa la muerte, y por qué el amor es más fuerte que ambos.

El duque se levantó y besó cariñosamente a su esposa.

–Pues guarda tu secreto todo el tiempo que quieras, mientras tu corazón me pertenezca –murmuró.

–Siempre fue tuyo, Cecil.

–Pero algún día se lo contarás a nuestros hijos, ¿verdad?

Virginia se ruborizó.

EL CRIMEN DE LORD ARTHUR SAVILE

Un estudio del deber

I

Era la última recepción de lady Windermere antes de Pascua, y Bentinck House estaba más concurrida de lo habitual. Seis ministros del gabinete habían venido con sus bandas y condecoraciones, todas las mujeres bonitas lucían sus mejores vestidos y al fondo de la galería de retratos se encontraba la princesa Sofía de Carlsruhe, una dama obesa de aspecto tártaro[19], con unos ojillos negros y unas esmeraldas maravillosas, chapurreando francés en voz muy alta y riendo sin ton ni son por cualquier cosa que se le dijera. Ciertamente había una maravillosa mezcolanza de personas. Elegantes esposas de pares del reino charlaban afablemente con violentos radicales, célebres predicadores se encontraban codo con codo con eminentes escépticos y un grupo de obispos perseguía de salón en salón a una regordeta *primadonna;* en la escalera había varios miembros de la Real Academia disfrazados de artis-

pares: dignidad que los reyes concedían a alguno de sus vasallos.

[19] los tártaros eran los pueblos que dominaron partes de Asia y Europa bajo el liderazgo mongol en el siglo XIII. Posteriormente, esta palabra sirvió para nombrar a cualquier invasor nómada de origen asiático, tanto de Mongolia como del occidente de Asia. Antes de la década de 1920, los rusos la utilizaban para designar a numerosos pueblos, desde los turcos azeríes hasta las tribus de Siberia. En la actualidad, la mayor parte de los tártaros viven en el centro y el sur de Rusia (la mayoría, en el Tartaristán).

tas, y se dijo que hubo un momento en que el salón estaba absolutamente lleno de genios. En resumen, era una de las mejores fiestas de lady Windermere, y la princesa se quedó hasta cerca de las once y media.

Tan pronto como se hubo ido, lady Windermere volvió a la galería de retratos, donde un célebre político economista estaba explicando la teoría científica de la música a un indignado virtuoso húngaro, y empezó a charlar con la duquesa de Paisley. Estaba maravillosamente bella con su esbelto cuello marfileño, sus ojos de un purísimo azul y sus grandes rizos dorados. Eran *d'or pur*[20]; no de ese pálido color de la paja que actualmente usurpa el gracioso nombre del oro, sino de un dorado tal que parecía tejido con rayos de sol o escondido en un extraño ámbar; daban a su cara una especie de aureola de santa y algo de la fascinación de una pecadora. En conjunto, era un curioso ejemplar de estudio psicológico. Descubrió muy pronto en la vida la importante verdad de que nada se parece tanto a la inocencia como la indiscreción; y por una serie de aventuras despreocupadas, la mayoría completamente inocentes, adquirió todos los privilegios de ser una personalidad. Había cambiado más de una vez de marido; en realidad, la *Guía Nobiliaria* le atribuía tres matrimonios; pero como nunca había cambiado de amante, la gente había cesado hacía tiempo de chismorrear de ella. Contaba cuarenta años, no tenía hijos y poseía la desordenada pasión por el placer que constituye el secreto de la eterna juventud.

De repente miró a su alrededor y dijo con su clara voz de contralto:

[20] expresión francesa que quiere decir «de oro puro».

–¿Dónde está mi quiromántico?

–¿Su qué, Gladys? –exclamó la duquesa con un estremecimiento involuntario.

–Mi quiromántico, duquesa; no puedo vivir sin él ahora.

–¡Querida Gladys! Usted siempre tan original –murmuró la duquesa, intentando recordar lo que era realmente un quiromántico y esperando que no fuera lo mismo que un pedicuro.

–Viene a leerme la mano dos veces por semana regularmente –continuó lady Windermere–, y es de lo más interesante.

«¡Cielo santo! –pensó la duquesa–. Después de todo, es una especie de manicuro. Qué horrible. Al menos, espero que sea extranjero. Entonces la cosa no sería tan mala».

–Ciertamente, debo presentárselo.

–¡Presentármelo! –exclamó la duquesa–. ¿Quiere decir que está aquí?

Empezó a buscar su abanico y su chal antiguo, como si en el momento de recibir la noticia su único pensamiento fuera marcharse.

–Desde luego que está aquí; no podría ni soñar en dar una fiesta sin él. Me dice que tengo una mano puramente psíquica, y que si mi dedo pulgar fuera un poco más corto, habría sido una confirmada pesimista y me habría metido en un convento.

–¡Oh, ya veo! –dijo la duquesa, sintiéndose muy aliviada–. Predice el futuro, supongo.

–Y también las desgracias –contestó lady Windermere– y todas esas cosas. El año que viene, por ejemplo, correré un gran peligro, bien sea por tierra o por mar; así que me iré a vivir a un globo y haré que me suban la co-

quiromántico: persona que practica la quiromancia o forma de adivinar el futuro mediante la interpretación de las rayas de la mano.

pedicuro: persona que se dedica profesionalmente a cuidar de los pies.

manicuro: persona que arregla y cuida las manos.

mida en una cesta todos los días. Todo eso está escrito en mi dedo meñique o en la palma de mi mano, ahora no recuerdo dónde.

–Pero seguramente eso es tentar a la providencia, Gladys.

–Mi querida duquesa, seguro que la providencia podrá resistir la tentación por esta vez. Creo que todo el mundo debería hacerse leer la mano una vez al mes para saber cómo tiene que obrar. Desde luego, las cosas no cambiarían, pero es muy agradable enterarse de lo que va a ocurrir. Si nadie es tan amable de ir a buscar a míster Podgers enseguida, iré yo misma.

–Iré yo, lady Windermere –dijo un joven alto que estaba sentado, escuchando la conversación con una sonrisa divertida.

–Muchas gracias, lord Arthur; pero me temo que no lo reconocería.

–Si es tan maravilloso como usted dice, lady Windermere, lo reconoceré al instante. Dígame cómo es y se lo traeré inmediatamente.

–Bueno, no parece un quiromántico. Quiero decir que no es misterioso, o esotérico, o de aspecto romántico. Es un hombrecillo grueso, con una cómica calva y grandes gafas con montura de oro; una persona con una mezcla de médico de cabecera y notario de pueblo. Lo siento, pero no es culpa mía. La gente es muy aburrida. Todos mis pianistas parecen poetas, y todos mis poetas parecen pianistas. Recuerdo que el año pasado invité a cenar al más terrible conspirador, un hombre que había matado con sus bombas a mucha gente, y siempre llevaba una cota de malla y un puñal escondido en la manga. ¿Saben ustedes que cuando vino parecía un viejo sacerdote y estuvo gastando

esotérico: oculto, secreto, reservado a unos pocos.

cota de malla: arma defensiva del cuerpo hecha de mallas de acero.

bromas toda la noche? Desde luego, fue muy divertido, pero yo me quedé terriblemente desencantada; y cuando le pregunté por su cota de malla, se echó a reír y me dijo simplemente que era demasiado fría para llevarla en Inglaterra. ¡Ah, aquí está míster Podgers! Ahora, míster Podgers, me gustaría que leyera la mano de la duquesa de Paisley. Duquesa, debe usted quitarse el guante. No, el de la mano izquierda, no; el de la otra.

–Querida Gladys, realmente no creo que esto esté del todo bien –dijo la duquesa desabrochándose un guante de piel de cabra bastante usado.

–Nada que sea interesante está del todo bien –dijo lady Windermere–. *On a fait le monde ainsi*[21]. Pero voy a presentarlos. Duquesa, este es míster Podgers, mi quiromántico favorito. Míster Podgers, esta es la duquesa de Paisley, y si usted dice que ella tiene el «monte de la luna»[22] más grande que el mío, no volveré a creerle nunca.

–Estoy segura, Gladys, de que no hay nada de eso en mi mano –dijo la duquesa gravemente.

–Su excelencia está en lo cierto –dijo míster Podgers, mirando la mano regordeta de cortos dedos–: el monte de la luna no está desarrollado. La línea de la vida, sin embargo, es excelente. Tenga la bondad de doblar la muñeca. Gracias. ¡Tres líneas distintas en la *rascette*[23]! Vivirá usted mucho tiempo, duquesa, y será extremadamente feliz. Ambición..., muy moderada. Línea de la inteligencia, no muy exagerada. Línea del corazón...

[21] en francés, «el mundo está hecho así».

[22] en quiromancia es la parte de la palma de la mano situada debajo del dedo meñique, a la altura del comienzo del pulgar, cerca ya de la muñeca. Representa la imaginación y el subconsciente, la sensibilidad y la intuición. Revela el grado de las dotes artísticas y del talento creativo de la persona.

[23] en quiromancia son las líneas que estrían la muñeca.

–Ahora sea indiscreto, míster Podgers –exclamó lady Windermere.

–Nada me complacería más –dijo míster Podgers–, si pudiera; pero siento decir que veo una gran permanencia de afecto, combinada con un fuerte sentido del deber.

–Siga, por favor, míster Podgers –dijo la duquesa, que parecía completamente satisfecha.

–La economía no es la menor de las virtudes de su excelencia –continuó míster Podgers.

Y lady Windermere se echó a reír.

–La economía es una cosa muy buena –señaló la duquesa, complacida–; cuando me casé con Paisley, él tenía once castillos y ni una sola casa para vivir.

–Y ahora tiene doce casas y ni un solo castillo –exclamó lady Windermere.

–Querida –dijo la duquesa–, a mí me gusta...

–El bienestar –dijo míster Podgers–, y los adelantos modernos, y el agua caliente en cada dormitorio. Su excelencia tiene razón. El bienestar es lo único que puede darnos la civilización.

–Ha descrito el carácter de la duquesa admirablemente, míster Podgers, y ahora debe leer la mano de lady Flora.

En contestación a la llamada sonriente de la anfitriona, una muchacha alta, con el pelo descolorido, al estilo escocés, y cargada de hombros, salió torpemente de detrás del sofá y extendió una mano larga y huesuda, con los dedos como espátulas.

–¡Ah, una pianista! Veo –dijo míster Podgers– que es una excelente pianista, pero quizá no siente la música. Muy reservada, muy honesta y con un gran amor por los animales.

–¡Completamente cierto! –exclamó la duquesa, volviéndose hacia lady Windermere–. ¡Absolutamente cierto! Flora tiene dos docenas de perros collie en Macloskie, y convertiría nuestra casa de la ciudad en una guarida para animales si su padre la dejara.

–Bueno, eso es justamente lo que yo hago con mi casa todos los jueves por la noche –exclamó lady Windermere riendo–; solo que a mí me gustan más los leones que los perros.

–Su único defecto, lady Windermere –dijo míster Podgers con una pomposa inclinación.

–Si una mujer no puede tener defectos encantadores, es solamente una hembra –contestó–. Pero debe leer otras manos. Venga, sir Thomas, muéstrele a míster Podgers la suya.

Un viejo caballero con aspecto de genio, vestido con un esmoquin blanco, se adelantó y extendió una mano áspera de dedos muy largos.

–Una naturaleza aventurera; cuatro largos viajes en el pasado y uno en el futuro. Ha embarcado tres veces. No, solo dos; pero le acecha un peligro por mar en su próximo viaje. Un convencido conservador, muy puntual y con gran pasión por coleccionar curiosidades. Tuvo una grave enfermedad entre los dieciséis y los dieciocho años. Le fue legada una fortuna a los treinta. Tiene gran aversión a los gatos y a los radicales.

–¡Extraordinario! –exclamó sir Thomas–. Desde luego, tiene que leer la mano de mi esposa.

–Su segunda esposa –dijo míster Podgers tranquilamente, conservando aún la mano de sir Thomas entre las suyas–. Su segunda esposa. Lo haré encantado.

Pero lady Marvel, una mujer de aspecto melancólico, de pelo negro y ojos sentimentales, se negó rotundamente a que se expusiera su pasado o su futuro; y nada de lo que lady Windermere dijo pudo obligar a monsieur de Koloff, el embajador ruso, a que se quitara los guantes. En resumen: mucha gente parecía temer a aquel hombrecillo de sonrisa estereotipada, con sus gafas de montura de oro y sus brillantes ojos; y cuando le dijo a la pobre lady Fermor delante de todo el mundo que la música le importaba un bledo, pero que, sin embargo, los músicos le gustaban mucho, todo el mundo pensó que la quiromancia era una ciencia muy peligrosa, que no debía practicarse nada más que en un *tête-à-tête*[24].

Sin embargo, lord Arthur Savile, que no sabía nada de la infortunada historia de lady Fermor y que había estado observando a míster Podgers con mucho interés, sentía una inmensa curiosidad por que le fuera leída su propia mano, y como no se atrevía a adelantarse, cruzó la habitación dirigiéndose hacia donde estaba sentada lady Windermere y, con un gesto encantador, le preguntó si a míster Podgers no le importaría.

–Desde luego que no le importará –dijo lady Windermere–; para eso está aquí. Todos mis leones, lord Arthur, son leones formales y saltan por el aro cuando yo se lo pido. Pero yo debo estar delante para poder contárselo después todo a Sybil. Vendrá a comer conmigo mañana, para charlar sobre sombreros, y si míster Podgers ve que tiene usted un mal temperamento, o una tendencia a la artritis, o una esposa en Bayswater[25], ciertamente, se lo haré saber todo mañana.

Lord Arthur sonrió y movió la cabeza.

[24] cara a cara.

[25] barrio del Londres de la época de Wilde.

–No tengo miedo –contestó–. Sybil me conoce tan bien como yo a ella.

–¡Ah! Siento oírle decir eso. La base esencial para un matrimonio es la mutua incomprensión. No, no soy cínica; simplemente tengo experiencia, aunque, sin embargo, las dos cosas son lo mismo. Míster Podgers, lord Arthur Savile está deseando que le lea la mano. No nos diga que va a casarse con una de las muchachas más bellas de Londres, porque eso apareció en el *Morning Post*[26] hace meses.

–Querida lady Windermere –exclamó la marquesa de Jedburgh–, deje que míster Podgers permanezca conmigo un poco más. Me acaba de decir que podría dedicarme al teatro, y estoy muy interesada.

–Si le ha dicho eso, lady Jedburgh, ciertamente tendré que separarlo de usted. Venga enseguida, míster Podgers, y lea la mano de lord Arthur.

–Bien –dijo lady Jedburgh con una pequeña *moue*[27], dejándose caer en el sofá–; si no me dejan estar en el escenario, por lo menos formaré parte del auditorio.

–Desde luego; todos formaremos parte del auditorio –dijo lady Windermere–; y ahora, míster Podgers, díganos algo interesante. Lord Arthur es uno de mis favoritos.

Pero cuando míster Podgers vio la mano de lord Arthur se puso extrañamente pálido y no dijo nada. Se estremeció y sus ojos parpadearon convulsivamente, como le ocurría cuando se sentía irritado o turbado.

[26] nombre de uno de los periódicos más populares de Londres en la época en que Oscar Wilde escribe su obra. Se caracterizaba por atraer a los lectores con una amplia sección de ecos de sociedad.

[27] en francés, «mohín de disgusto».

Aparecieron grandes gotas de sudor en su frente amarillenta, como un rocío venenoso, y sus dedos regordetes se quedaron fríos.

Lord Arthur no se explicaba aquellos extraños signos de agitación y, por primera vez en su vida, se sintió asustado. Su primer impulso fue salir corriendo de la habitación, pero se contuvo. Sería mejor saber lo peor antes que permanecer en una terrible incertidumbre.

–Estoy esperando, míster Podgers –dijo.

–Todos estamos esperando –exclamó lady Windermere con un ademán impaciente.

Pero el quiromántico no contestó.

–Creo que Arthur va a dedicarse al teatro –dijo lady Jedburgh– y que, después de su regañina, no se atreve a decírnoslo.

De repente, míster Podgers soltó la mano derecha de lord Arthur y cogió la izquierda, inclinándose para examinarla, de forma que sus lentes casi tocaban la palma. Durante un instante, su cara fue una máscara blanca de horror, pero pronto recobró su *sang froid*[28] y, mirando a lady Windermere, dijo con una sonrisa forzada:

–Es la mano de un joven encantador.

–¡Naturalmente que lo es! –contestó lady Windermere–. Pero ¿será un esposo encantador? Eso es lo que yo quiero saber.

–Todos los jóvenes encantadores lo son –dijo míster Podgers.

–No creo que un esposo deba ser demasiado seductor –murmuró lady Jedburgh pensativamente–; sería tan peligroso...

[28] expresión francesa que significa «sangre fría».

–Mi querida amiga, nunca son demasiado seductores –exclamó lady Windermere–. Pero quiero detalles. Los detalles son lo único que interesa. ¿Qué va a ocurrirle a lord Arthur?

–Pues... en los próximos meses hará un viaje...

–¡Oh, sí! Su viaje de novios, naturalmente.

–Y perderá un pariente.

–¡Espero que no será su hermana! –dijo lady Jedburgh en un tono chillón.

–Ciertamente que no –contestó míster Podgers con un movimiento de la mano–. Un pariente lejano.

–Bueno, estoy terriblemente desilusionada –dijo lady Windermere–. No tendré absolutamente nada que decirle a Sybil mañana. Nadie se preocupa hoy día de los parientes lejanos. Pasaron de moda hace años. Sin embargo, supongo que será mejor que ella se compre un vestido de seda negra; al menos, siempre sirve para ir a la iglesia. Y ahora vamos a cenar. Seguro que ya se han comido todo, pero puede que quede algo de sopa caliente. François acostumbra a hacer una sopa excelente, pero ahora está muy agitado con la política. Me gustaría que el general Boulanger se estuviera quieto. Duquesa, ¿seguro que no está cansada?

–No, querida Gladys, muchas gracias –contestó la duquesa, dirigiéndose a la puerta–. Me he divertido muchísimo, y el manicuro, quiero decir el quiromántico, es muy interesante. Flora, ¿dónde está mi abanico de concha? ¡Oh! Gracias, sir Thomas. ¿Y mi chal de encaje, Flora? ¡Oh! Muchas gracias, sir Thomas; muy amable.

Y la duquesa bajó por fin las escaleras, dejando caer su frasquito de sales nada más que dos veces.

Todo ese tiempo, lord Arthur Savile permaneció junto a la chimenea con la misma sensación de terror, con el mismo abrumador presentimiento de que le acechaba alguna desgracia. Sonrió tristemente a su hermana cuando pasó del brazo de lord Plymdale, muy bella con su vestido rosa bordado con perlas, y apenas oyó a lady Windermere que lo llamaba para que fuera con ella. Pensaba en Sybil Merton, su prometida, y la idea de que algo pudiera interponerse entre los dos hacía que sus ojos se llenaran de lágrimas.

Mirándolo se habría dicho que Némesis había robado el escudo de Palas y le había mostrado la cabeza de Gorgona[29]. Parecía petrificado, y su rostro melancólico tenía el aspecto del mármol. Había llevado una vida delicada y lujosa, como joven de gran alcurnia y fortuna que era, una vida exquisita y libre de toda preocupación, llena de juvenil ignorancia; y ahora, por primera vez, se daba cuenta de los terribles misterios del destino, del espantoso significado de la predestinación.

¡Qué loco y monstruoso le parecía todo! ¿Podría ser que lo que estaba escrito en su mano con caracteres que él no podía leer, pero que otro descifraba, fuera el terrible secreto de un pecado, la señal sangrienta de un crimen? ¿No había forma de escapar? ¿No éramos más que piezas de ajedrez movidas por un poder invisible, vasijas que el alfarero fabrica a su capricho para el honor o la vergüenza? Su razón se rebelaba contra aquello y, sin embargo, sentía que alguna tragedia se cernía sobre él y que de repente tendría que aguantar una carga insoportable. Los actores son muy

se cernía: amenazaba un mal inminente.

[29] Némesis era la diosa griega de la venganza que mostraba a los mortales su destino. Palas Atenea, conocida como Minerva en la mitología latina, era la diosa de la sabiduría. Sus atributos más conocidos son la lanza, el casco y el escudo, el cual llevaba empotrada la cabeza de Medusa, la Gorgona, que tornaba en piedra todo lo que mirara. En el texto, el autor utiliza irónicamente esta expresión rimbombante para indicar que el protagonista se quedó de piedra.

afortunados. Pueden escoger entre trabajar en una tragedia o en una comedia, entre sufrir o divertirse, entre reír o derramar lágrimas. Pero en la vida real es diferente. La mayoría de los hombres y mujeres se ven obligados a representar papeles que no les gustan. Nuestros Guildensterns actúan de Hamlets, y nuestros Hamlets hacen las bufonadas del príncipe Hal[30]. El mundo es un escenario, pero la obra no tiene los papeles bien distribuidos.

De repente, míster Podgers entró en la habitación. Cuando vio a lord Arthur, se estremeció y su cara regordeta se puso de un color amarillo verdoso. Los ojos de los dos hombres se encontraron, y por unos instantes hubo un silencio.

–La duquesa ha dejado uno de sus guantes aquí, lord Arthur, y me pidió que se lo llevara –dijo míster Podgers finalmente–. ¡Ah! Ya veo que está en el sofá. Buenas noches.

–Míster Podgers, quiero que me dé una respuesta satisfactoria a la pregunta que le voy a hacer.

–En otro momento, lord Arthur, la duquesa está esperando. Me temo que tengo que ir enseguida.

–No se irá usted. La duquesa no tiene prisa.

–Las damas nunca pueden esperar, lord Arthur –dijo míster Podgers con una sonrisa forzada–. El bello sexo es muy impaciente.

Los labios firmemente moldeados de lord Arthur se curvaron en una mueca de petulante desdén. La pobre duquesa le pareció de muy poca importancia en ese mo-

[30] Guildensterns es un personaje secundario de la famosa tragedia de Shakespeare protagonizada por el príncipe Hamlet, y el príncipe Hal, futuro Enrique V, es el protagonista de otra obra del mismo autor. Con esta expresión, Wilde se refiere a que nadie tiene la vida que le gustaría tener.

mento. Se dirigió hacia míster Podgers y, alargándole la mano, dijo:

–Dígame lo que vio aquí. Dígame la verdad. Debo saberlo. No soy un niño.

Los ojos de míster Podgers parpadearon tras sus gafas de montura de oro, y apoyó el cuerpo sobre una pierna y luego sobre la otra, mientras sus dedos jugueteaban nerviosamente con la cadena reluciente de su reloj.

–¿Qué le hace pensar que vi en su mano algo más de lo que le dije, lord Arthur?

–Sé que lo vio, e insisto en que me lo diga. Le daré dinero. Le entregaré un cheque de cien libras.

Los ojos verdes brillaron un instante y luego volvieron a quedarse apagados.

–¿Guineas? –dijo míster Podgers por fin en voz baja.

guineas: antiguas monedas inglesas de oro, equivalentes a 21 chelines.

–Ciertamente. Le enviaré el cheque mañana. ¿Cuál es su club?

–No pertenezco a ningún club. Es decir, por ahora... Mis señas son...; pero permítame que le dé mi tarjeta.

Y sacando una cartulina con los bordes dorados del bolsillo de su chaqueta, míster Podgers se la alargó con una profunda reverencia a lord Arthur, quien leyó:

Mr. Septimus R. Podgers
Quiromántico profesional
West Moon Street, 1030

–Mis horas de visita son de diez a cuatro –murmuró míster Podgers mecánicamente–, y hago descuentos a las familias.

–Dese prisa –exclamó lord Arthur, poniéndose intensamente pálido y alargando la mano.

Míster Podgers miró nerviosamente a su alrededor y corrió la pesada *portière*[31] de la puerta.

–Nos llevará algún tiempo, lord Arthur; es mejor que nos sentemos.

–Dese prisa, señor –exclamó lord Arthur otra vez, golpeando con el pie el reluciente suelo.

Míster Podgers sonrió, sacó del bolsillo una pequeña lupa y la limpió cuidadosamente con su pañuelo.

–Estoy dispuesto –dijo.

[31] cortina.

II

Diez minutos más tarde, con el rostro blanco de terror y los ojos espantados, lord Arthur Savile salía corriendo de Bentinck House, abriéndose paso entre el grupo de lacayos vestidos con pieles que había bajo la marquesina y pareciendo no oír ni ver nada. La noche era terriblemente fría y las luces de gas que había en la plaza parpadeaban a causa del viento; pero sus manos estaban febriles y su frente ardía como fuego. Se tambaleaba casi como un borracho. Un policía lo miró con curiosidad al pasar, y un mendigo que salió de debajo de una arcada para pedirle limosna se asustó de ver una miseria más grande que la suya. En una ocasión se detuvo bajo un farol y se miró las manos. Creyó poder verlas ya manchadas de sangre, y un débil grito salió de sus temblorosos labios.

febriles: que tienen fiebre.

arcada: conjunto o serie de arcos.

¡Un asesinato! Eso es lo que el quiromántico había visto. ¡Un asesinato! La noche parecía saberlo, y el fuerte viento se lo aullaba al oído. Las oscuras esquinas de las calles lo repetían. Los tejados de las casas se lo gritaban burlonamente.

trémulo: que tiembla.

se mofaron: se burlaron.

arabescos: adornos pintados o labrados, compuestos de figuras vegetales y geométricas entrelazadas, usados en las construcciones árabes.

Llegó al parque[32], y las sombras de los árboles parecieron fascinarlo. Se apoyó en la verja, refrescándose la cabeza contra el húmedo metal y atendiendo al trémulo silencio de la espesura. ¡Un asesinato! ¡Un asesinato! Repetía la palabra como si esto pudiera librarlo de su horror. El sonido de su propia voz le hacía estremecerse y, sin embargo, deseaba que el eco la repitiera y despertase de su sueño a la ciudad dormida. Sentía el loco deseo de detener a cualquier transeúnte y contárselo todo.

Después caminó por Oxford Street y por sus estrechas y vergonzosas callejuelas. Dos mujeres de rostros pintados se mofaron de él al pasar. De un patio oscuro salió el ruido de golpes y juramentos, seguido de gritos agudos; y apretujados bajo el marco de una puerta, vio los hombros vencidos de los cuerpos agotados por la pobreza y el sufrimiento. Le invadió una extraña lástima. ¿Estarían aquellos hijos del pecado y la miseria predestinados a un fin como el suyo? ¿Serían, como él, simples marionetas de un monstruoso guiñol?

Y, sin embargo, no era la miseria, sino la comedia del sufrimiento lo que lo estremecía; su absoluta inutilidad, su grotesca carencia de significado. ¡Qué incoherente parecía todo! ¡Qué falto de toda armonía! Estaba asombrado por la desproporción existente entre el optimismo superficial de aquella época y los hechos reales de la existencia. Era aún muy joven.

Al cabo de un rato se encontró frente a Marylebone Church. La silenciosa calle parecía una larga cinta de reluciente plata, salpicada aquí y allá por los oscuros arabescos de las sombras. A lo lejos se curvaba la línea de los faroles de gas, y junto a una pequeña casa rodeada por una

[32] se refiere al Hyde Park.

cerca había un coche, cuyo conductor dormitaba dentro. Anduvo deprisa hacia Portland Place, mirando de cuando en cuando a su alrededor, como si temiera ser seguido. En la esquina de Rich Street vio a dos hombres que leían un pequeño cartel pegado en la pared. Una extraña curiosidad se apoderó de él, y cruzó la calle. Cuando se acercó, sus ojos se encontraron con la palabra «Asesino» pintada con letras negras. Se estremeció y un fuerte rubor cubrió sus mejillas. Era un anuncio ofreciendo una recompensa por cualquier información que ayudara a capturar a un hombre de estatura mediana, entre los treinta y los cuarenta años de edad, con sombrero hongo, chaqueta negra, pantalones a cuadros y una cicatriz en la mejilla derecha. Lo leyó una y otra vez y se preguntó si el hombre sería capturado y cómo se habría hecho aquella cicatriz. Quizá algún día su nombre estaría pegado en las paredes de Londres. Algún día quizá también se pondría precio a su cabeza.

Este pensamiento lo puso enfermo de terror. Giró sobre sus talones y salió corriendo en la oscuridad.

Apenas sabía hacia dónde iba. Recordó confusamente que anduvo por un laberinto de sórdidas casas, y empezaba a amanecer cuando llegó por fin a Picadilly Circus. Cuando se dirigía a su casa por Belgrave Square, encontró en su camino grandes carros que iban hacia Covent Garden. Los carreteros, tostados por el sol y con el pelo rizado, azuzaban a las caballerías, haciendo restallar los látigos y gritándose unos a otros; sobre el caballo gris que marchaba en cabeza de la fila iba un muchacho regordete, con un ramo de velloritas[33] en el raído sombrero, agarrándose

[33] es uno de los nombres vulgares de la margarita *Bellis perennis*, planta vivaz, frecuente en prados húmedos, desde el nivel del mar hasta la montaña, y que perdura y vuelve a florecer año tras año.

jade: piedra semipreciosa de color verdoso con manchas rojizas, compuesta de silicato de magnesio y cal, que suele hallarse formando nódulos entre las rocas cristalinas.

indolentes: insensibles.

firmemente a las riendas con sus pequeñas manos y riendo; las grandes pilas de verduras parecían masas de jade verde contra el cielo de la mañana, que era como el rosado pétalo de una rosa maravillosa. Lord Arthur se sintió curiosamente conmovido sin saber por qué. Había algo en la delicada belleza del amanecer que le parecía inexplicablemente patético, y pensó en todos los días que empezaban con belleza y terminaban en tormenta. Aquellos seres rudos, con sus voces roncas, su buen humor, sus maneras indolentes... ¡Qué extraño era el Londres que veían! ¡Un Londres libre del pecado de la noche y el humo del día, una pálida y fantasmal ciudad, una desolada ciudad de tumbas! Se preguntó qué pensarían de ella y si sabrían algo de su esplendor y su vergüenza, de sus salvajes alegrías, de su terrible hambre, de todo lo que se hace y se deshace del día a la noche. Probablemente, para ellos era solo el lugar donde iban a vender sus frutos y donde permanecían unas pocas horas a lo sumo, abandonándolo cuando las calles estaban todavía silenciosas y las personas aún dormían. Sentía placer al observarlos andar. Por rudos que fueran, con sus zapatos claveteados y sus andares torpes, traían con ellos un poco de Arcadia[34]. Se dio cuenta de que habían vivido con la naturaleza y de ella habían aprendido la paz. Los envidió por todo lo que no sabían.

Cuando llegó a Belgrave Square, el cielo tenía un color azul pálido y los pájaros estaban empezando a cantar en los jardines.

[34] la Arcadia era una provincia de la antigua Grecia que con el tiempo acabó representando un mítico país imaginario, donde reinaban la felicidad y la paz, y cuyos habitantes, sencillos pastores, vivían en comunión con la naturaleza. La Arcadia fue repetidamente descrita por poetas y artistas del Renacimiento.

III

Eran las doce cuando lord Arthur despertó, y el sol de mediodía se filtraba por las cortinas de seda marfileña de su habitación. Se levantó y miró por la ventana. Una ligera y bochornosa niebla invadía la gran ciudad, y los tejados de las casas eran como placas de plata deslustradas. En el césped de la plaza, algunos niños jugaban, como blancas mariposas, y las aceras estaban llenas de gente que iba hacia el parque. Nunca le había parecido tan maravillosa la vida, jamás tan remoto el mal.

Entonces su criado le trajo una taza de chocolate sobre una bandeja. Cuando se la hubo bebido, echó a un lado una pesada *portière* de color albaricoque y entró en el cuarto de baño. La luz se filtraba por el techo, a través de finas láminas de ónice transparente, y el agua del baño de mármol brillaba apagadamente como una piedra lunar. Se introdujo en ella hasta que su frescor le llegó al cuello y al nacimiento del pelo, y después sumergió la cabeza, como si quisiera limpiar la mancha de algún recuerdo vergonzoso. Cuando la volvió a sacar, se sintió casi tranquilizado. Las exquisitas condiciones físicas del momento lo dominaron, como suele ocurrir a menudo en las natu-

ónice: ágata listada que se emplea en joyería.

ralezas finamente formadas, porque los sentidos, como el fuego, pueden purificar, así como también destruir.

Después de desayunar se tumbó en un diván y encendió un cigarrillo. Sobre el estante de la chimenea, en un bello marco de brocado antiguo, había una gran fotografía de Sybil Merton, tal como la vio por primera vez en la fiesta de lady Noel.

La cabecita exquisitamente formada se inclinaba ligeramente hacia un lado, como si su delicado y fino cuello no fuera capaz de soportar tanta belleza; los labios estaban un poco entreabiertos y parecían hechos para la música dulce; toda la pureza de la juventud se reflejaba en sus ojos maravillosos y soñadores. Con su ajustado y suave vestido de *crêpe de chine*[35] y su abanico en forma de hoja, parecía una de esas delicadas figurillas que los hombres encontraron en los olivares cercanos a Tanagra[36]. Había una especie de gracia griega en su postura y en su gesto. Sin embargo, no era *petite*[37]. Estaba perfectamente proporcionada, cosa rara en una época en que muchas mujeres o son demasiado altas o demasiado insignificantes.

Cuando lord Arthur la miraba ahora, se sentía poseído de la terrible compasión que nace del amor. Se daba cuenta de que casarse con ella cerniéndose sobre su cabeza la sombra de un crimen sería una traición como la de Judas, un pecado peor que cualquiera de los que Borgia[38]

[35] se trata de una clase especial de seda.

[36] se refiere a unas figuritas de terracota que representaban mujeres de increíble equilibrio y belleza, realizando actos cotidianos y familiares. Se encontraron en las excavaciones que a mediados del siglo XIX se realizaron en la antigua ciudad de Beocia, Tanagra.

[37] en francés, «pequeña».

[38] la estirpe de los Borgia tiene su origen en la familia valenciana Borja, algunos de cuyos miembros se establecieron en Nápoles y Roma a mediados del siglo XV. Uno de sus miem-

hubiera podido soñar. ¿Qué felicidad encontrarían si en cualquier momento podía cumplirse la terrible profecía escrita en su mano? ¿Qué vida sería la suya mientras el destino tuviera en la balanza ese espantoso sino? El matrimonio debía ser retrasado a toda costa. Estaba completamente decidido. Aunque amara ardientemente a aquella muchacha y el simple contacto de sus dedos hiciera estremecerse con exquisita alegría todas las fibras de su cuerpo, reconocía con la misma claridad cuál era su deber y se daba perfecta cuenta de que no tenía derecho a casarse hasta que no cometiera el crimen. Una vez llevado a cabo podría ir al altar con Sybil Merton y poner la vida en sus manos sin el terror de estar obrando mal. Podría abrazarla sabiendo que jamás tendría que avergonzarse de él. Pero antes debía hacer aquello, y cuanto más pronto, mejor para los dos.

Muchos hombres en su caso habrían preferido el sendero rosado del olvido al difícil camino del deber; pero lord Arthur era demasiado consciente para poner el placer por encima de los principios. Había algo más que simple pasión en su amor; y Sybil era para él un símbolo de todo lo bueno y noble. Por un momento sintió una natural repugnancia por lo que tenía que hacer, pero pronto pasó. Su corazón le decía que no era un pecado, sino un sacrificio; su razón le recordaba que no había otra opción. Debía escoger entre vivir para él mismo o vivir para los demás, y por terrible que fuera la tarea, que indudablemente lo era, sabía, sin embargo, que no debía permitir que el egoísmo triunfara sobre el amor. Más pronto o más tarde, todos tenemos que decidirnos por un camino. A todos se

bros más célebres fue Rodrigo de Borja (1431-1503), que fue papa de la Iglesia Católica entre 1492 y 1503.

dilema: duda.

nos hace la misma pregunta. Para lord Arthur, el dilema se planteó muy pronto en su vida: antes de que su naturaleza se viera manchada por el cinismo calculador de la edad madura y de que su corazón fuera corrompido por el egoísmo superficial tan corriente en nuestros días; por eso no vaciló en el cumplimiento de su deber. Afortunadamente para él también, no era un simple soñador ni un ocioso diletante. Si lo hubiera sido, habría vacilado como Hamlet, permitiendo que su indecisión echara a perder su propósito. Pero él era esencialmente práctico. La vida para él era acción mucho más que pensamiento. Tenía la más rara de todas las cosas: sentido común.

diletante: palabra con un matiz peyorativo que se refiere a aquella persona que practica una ciencia o un arte sin tener capacidad ni conocimientos suficientes para ello.

Los salvajes y turbios sentimientos de la noche anterior habían desaparecido por completo, y recordaba casi con vergüenza su loco vagar de calle en calle, su desesperada agonía. La gran sinceridad de sus sufrimientos hacía ahora que le pareciesen irreales. Se preguntaba cómo pudo ser tan loco de querer rebelarse contra lo inevitable. La única pregunta que parecía turbarlo era quién iba a ser la víctima, porque se daba cuenta de que el asesinato, como la religión del mundo pagano, requiere una víctima, así como un sacerdote. No era un genio; por tanto, no tenía enemigos. Además, creía que aquel no era momento para satisfacer algún odio o desavenencias personales, ya que la misión que debía cumplir era solemnemente grave. Decidió hacer una lista de sus amigos y parientes en una hoja de papel, y después de una cuidadosa consideración, se decidió por lady Clementina Beauchamp, una vieja dama que vivía en Curzon Street y que era segunda prima suya por parte de su madre. Siempre había querido mucho a lady Clem, como todos la llamaban, y como él tenía una gran fortuna –pues había heredado todos los bienes de lord Rugby cuando llegó a la mayoría de edad–, no había posibilidad de que su muerte le proporcionara un vulgar beneficio económico. De hecho, cuanto más pensaba en el asunto, más se convencía de que se trataba de la persona idónea; y, comprendiendo que cualquier dilación perjudicaría a Sybil, decidió arreglarlo todo inmediatamente.

Lo primero que había que hacer, desde luego, era pagar al quiromántico; así que se sentó en un pequeño escritorio de Sheraton[39] que había cerca de la ventana y extendió un cheque por valor de ciento cinco libras, pagadero a míster Septimus Podgers, y, metiéndolo en un sobre, le dijo a su criado que lo llevara a West Moon Street. Después telefoneó a los establos para que le enviaran su coche y se vistió para salir. Al abandonar la habitación miró el retrato de Sybil Merton y juró que, pasase lo que pasase, nunca le contaría lo que iba a hacer por ella y mantendría siempre el secreto de su sacrificio escondido en su corazón.

En su camino hacia Buckingham[40] se detuvo en una floristería y le envió a Sybil una bella cesta de narcisos de maravillosos pétalos blancos. Al llegar al club fue derecho hacia la biblioteca, tocó el timbre y ordenó al camarero que le trajera limón con soda y un libro de toxicología. Había decidido que el veneno era el mejor medio para realizar ese asunto. Detestaba ardientemente la violencia personal y, además, quería asesinar a lady Clementina sin atraer la atención pública, pues odiaba la idea de ser una atracción en casa de lady Windermere o ver su nombre en

toxicología: parte de la medicina que trata de las sustancias tóxicas y sus efectos sobre el organismo.

[39] estilo mobiliario que estaba de moda en Inglaterra a finales del siglo XVIII.

[40] se refiere a uno de tantos clubes londinenses exclusivos para hombres que proliferaron en esa época.

las secciones de sociedad de periódicos vulgares. También tenía que pensar en el padre y la madre de Sybil, que eran personas algo chapadas a la antigua, y que posiblemente se opondrían al matrimonio si había algún escándalo, aunque tenía la certeza de que si les contaba el caso apreciarían los motivos que le habían obligado a obrar así. Por tanto, acertaba al elegir el veneno; era seguro y silencioso y evitaba escenas penosas, por las cuales, como la mayoría de los ingleses, sentía una gran aversión.

De la ciencia de los venenos, sin embargo, no conocía absolutamente nada, y como el camarero parecía incapaz de encontrar algo en la biblioteca que no fuera la *Ruff's Guide* y el *Bailey's Magazine,* examinó él mismo las estanterías, y finalmente encontró una edición bien encuadernada de la *Pharmacopeia* y un ejemplar de la *Toxicology*[41], de Erskine, editado por sir Mathew Reid, presidente del Real Colegio de Médicos y uno de los miembros más antiguos del Buckingham, que había sido elegido por confusión con otra persona; un *contretemps*[42] que indignó tanto al comité, que cuando se presentó el auténtico candidato, fue votado en contra por unanimidad. Lord Arthur se quedó asombrado de los términos técnicos que usaban ambos libros, y empezó a lamentarse de no haber puesto más atención en sus estudios de Oxford, cuando en el segundo volumen de Erskine encontró una interesante y completa descripción de las propiedades de la aconitina, escrita en claro inglés. Le pareció que este era exactamente el veneno que él necesitaba. Era de efectos rápidos, casi instantáneos, no causaba dolores, y cuando

aconitina: veneno letal que se comenzó a fabricar en 1847.

[41] todos estos nombres, excepto el último, inventado por el autor, corresponden a publicaciones periódicas reales de la época.

[42] en francés, «contratiempo».

se tomaba en forma de cápsula gelatinosa, modo que recomendaba sir Mathew, no tenía ningún sabor. Decidió tomar nota en el puño de su camisa de la dosis necesaria para que su efecto fuera fatal; volvió a poner el libro en su sitio y salió por St. James Street hacia la farmacia de Pestle y Humbey. Míster Pestle, que siempre atendía personalmente a la aristocracia, se sorprendió bastante con aquel encargo y murmuró algo sobre la necesidad de un certificado médico. Sin embargo, cuando lord Arthur le explicó que era para un gran mastín de Noruega que se veía obligado a eliminar, pues mostraba señales de rabia y había mordido ya dos veces al cochero en una pierna, se quedó enteramente satisfecho, felicitó a lord Arthur por su maravilloso conocimiento de la toxicología y le entregó al momento la fórmula.

Lord Arthur puso la cápsula dentro de una pequeña *bonbonnière*[43] de plata que vio en un escaparate de Bond Street, arrojó la horrible cajita de Pestle y Humbey, y se dirigió rápidamente a casa de lady Clementina.

–Vaya, *monsieur le mauvais sujet*[44] –exclamó la vieja dama cuando él entró en la habitación–, ¿por qué no has venido a verme en todo este tiempo?

–Mi querida lady Clem, no tengo ni un momento libre –dijo lord Arthur sonriendo.

–Supongo que quieres decir que estás todo el día con miss Sybil Merton comprando *chittons*[45] y hablando de tonterías. No puedo comprender por qué la gente arma tanto jaleo para casarse. En mis tiempos nunca habríamos

[43] en francés, «bombonera», cajita para caramelos, de plata o porcelana.

[44] expresión francesa que equivale a «señor tunante» o «señor malo».

[45] en francés, «trapos». La palabra tiene un matiz despectivo. Aquí se refiere a comprar vestidos y ropa de casa, ya que el protagonista y su novia están preparando la boda y el ajuar.

soñado en arrullarnos tanto en público, ni siquiera en privado.

–Le aseguro que no he visto a Sybil desde hace veinticuatro horas, lady Clem. Que yo sepa, está dedicada por entero a sus modistas.

–Desde luego, esa es la única razón por la que has venido a ver a una mujer vieja y fea como yo. Me pregunto por qué los hombres no escarmentáis. *On a fait des folies pour moi*[46], y aquí estoy, hecha una pobre reumática, con dentadura postiza y mal carácter. Si no fuera por la querida lady Jansen, que me envía las peores novelas francesas que puede encontrar, creo que no podría resistirlo. Los médicos no tienen ninguna utilidad, excepto la de cobrar buenas facturas. Ni siquiera pueden curar mi dolor de estómago.

–He traído una medicina para eso, lady Clem –dijo lord Arthur gravemente–. Es algo maravilloso, inventado por un americano.

–No creo en los inventos americanos, Arthur. Estoy segura de que no me gustan nada. Leí algunas novelas americanas[47] últimamente y son una idiotez.

–¡Oh, pero esto no es ninguna idiotez, lady Clem! Le aseguro que es una medicina perfecta. Prométame que la probará.

Y lord Arthur sacó la cajita del bolsillo y se la entregó.

–Bueno, la caja es encantadora, Arthur. ¿Es realmente un regalo? Es muy amable por tu parte. ¿Y esta es la

[46] en francés, «se han hecho locuras por mí». Lady Clem se refiere a que, en contraste con su situación actual, cuando era joven, su belleza enloquecía a los hombres.

[47] las novelas americanas son constante objeto de crítica burlesca por parte de Wilde en muchas de sus obras.

maravillosa medicina? Parece un bombón. Me la tomaré ahora mismo.

–¡Cielos, lady Clem! –exclamó lord Arthur, sujetándole la mano–. No debe hacer eso. Es un producto homeopático, y si lo tomara sin tener dolor, ocasionaría graves consecuencias. Espere a tener un ataque y tómelo entonces. Se asombrará del resultado.

–Me gustaría tomarlo ahora –dijo lady Clementina, mirando al trasluz la pequeña cápsula transparente con su burbuja de aconitina líquida–. Estoy segura de que es deliciosa. El caso es que, aunque odio a los doctores, adoro las medicinas. Sin embargo, me la tomaré en mi próximo ataque.

–¿Y cuándo será? –preguntó lord Arthur–. ¿Pronto?

–Espero que dentro de una semana. Estuve bastante mal ayer por la mañana. Pero nunca se sabe.

–Entonces, ¿está segura de tener uno antes de fin de mes, lady Clem?

–Me temo que sí. ¡Pero qué simpático estás hoy, Arthur! Realmente, Sybil tiene mucha suerte. Y ahora debes irte, porque voy a cenar con gente muy aburrida, que no habla de escándalos, y sé que si no duermo ahora, no seré capaz de mantenerme despierta durante la cena. Adiós, Arthur. Dale recuerdos a Sybil, y muchas gracias por la medicina americana.

–No debe olvidarse de tomarla, lady Clem, ¿eh? –dijo lord Arthur levantándose.

–Desde luego que no, tunantillo. Has sido muy amable al pensar en mí y te escribiré diciéndote si necesito más.

Lord Arthur dejó la casa muy animado y con una sensación de inmenso alivio.

Esa noche tuvo una entrevista con Sybil Merton. Le dijo que repentinamente se había encontrado en una situación terriblemente difícil, ante la cual, ni el honor ni el deber le permitían retroceder. Le dijo que el matrimonio debía ser aplazado de momento, porque hasta que no se resolviera aquel asunto no sería un hombre libre. Le imploró que confiara en él y que no tuviera dudas con respecto al futuro. Todo saldría bien, pero era necesario tener paciencia.

La escena tuvo lugar en el invernadero de la casa de míster Merton, en Park Lane, donde lord Arthur había cenado, como era su costumbre. Sybil nunca había parecido más feliz, y por un momento lord Arthur estuvo tentado de portarse cobardemente y escribir a lady Clementina diciéndole lo de la cápsula y celebrar su matrimonio como si míster Podgers no existiera. Su buen criterio, sin embargo, pronto se impuso, y aunque Sybil se arrojó llorando en sus brazos, su decisión no cambió. La belleza que conmovía sus sentidos penetró también en su conciencia. Comprendió que destrozar una vida tan hermosa por la felicidad de unos meses de placer era un error.

Permaneció con Sybil hasta cerca de medianoche, consolándola y siendo a la vez consolado, y a la mañana siguiente, temprano, salió para Venecia, después de escribir una carta muy resuelta a míster Merton, hablándole de la necesidad de aplazar la boda.

IV

En Venecia se encontró a su hermano, lord Surbiton, que acababa de llegar de Corfú en su yate. Los dos jóvenes pasaron juntos unos deliciosos quince días. Por la mañana cabalgaban por el Lido o paseaban por los verdes canales en su gran góndola negra; por la tarde acostumbraban a recibir a sus amistades en el yate, y por la noche cenaban en Florian y fumaban innumerables cigarrillos en la Piazza. Sin embargo, lord Arthur no era feliz. Todos los días repasaba la columna necrológica del *Times,* esperando ver la noticia de la muerte de lady Clementina, pero todos los días se quedaba decepcionado. Empezó a temer que le hubiera ocurrido algún accidente, y muchas veces lamentó haberle prohibido tomar la aconitina cuando tuvo tantas ganas de conocer sus efectos. Las cartas de Sybil, aunque llenas de amor, confianza y ternura, solían tener un tono triste, y algunas veces pensó que se habían separado para siempre.

A los quince días, lord Surbiton empezó a hartarse de Venecia y decidió ir hacia la costa, a Rávena, cuando oyó hablar de la magnífica caza de gallos del Pinetum[48].

[48] bosque de pinos cercano a la ciudad de Rávena.

Lord Arthur se negó por completo al principio, pero Surbiton, a quien estimaba mucho, lo persuadió finalmente de que si permanecía en Danielli[49] acabaría muriéndose de aburrimiento, y la mañana del día 15 embarcaron, con un fuerte viento del noreste y un mar bastante agitado. La caza fue excelente, y la vida al aire libre hizo que volviera el color a las mejillas de lord Arthur, pero el día 22 empezó a sentir ansiedad por saber noticias sobre lady Clementina y, a pesar de las protestas de Surbiton, regresó a Venecia en tren.

Cuando bajó de su góndola frente al hotel, el propietario salió a recibirlo con un fajo de telegramas. Lord Arthur se lo quitó de las manos y empezó a abrirlos. Todo había salido a la perfección. ¡Lady Clementina había muerto de repente el día 17!

Su primer pensamiento fue para Sybil, y le envió un telegrama anunciándole su inmediato regreso a Londres. Después ordenó a su criado que preparara su equipaje para que pudiera salir en el correo de la noche, pagó a sus gondoleros casi cinco veces más de lo estipulado y subió corriendo a su habitación con paso ligero y corazón alegre. Arriba encontró tres cartas para él. Una era de la propia Sybil, llena de simpatía y condolencia. Las otras eran de su madre y del notario de lady Clementina. Al parecer, la vieja dama había cenado aquella noche con la duquesa y había encantado a todos por su ingenio y su *esprit*, pero se había retirado algo temprano, diciendo que estaba un poco indispuesta; por la mañana la encontraron muerta en su cama, aparentemente sin haber sufrido ningún dolor. Llamaron inmediatamente a sir Mathew Reid, pero no

[49] famoso y exclusivo hotel de Venecia donde se alojaban los ingleses ricos que viajaban a la ciudad.

hubo nada que hacer, y se preparó el entierro para el día 22 en Beauchamp Chalcote. Pocos días antes de morir había hecho su testamento y le había dejado a lord Arthur su pequeña casa de Curzon Street y todos sus muebles, efectos personales y cuadros, a excepción de su colección de miniaturas, la cual cedía a su hermana, lady Margaret Rufford, y su collar de amatistas, que pasaría a poder de Sybil Merton. Sus propiedades no eran de mucho valor, pero míster Mansfield, el notario, estaba extremadamente impaciente por que lord Arthur regresara enseguida si era posible, pues había gran cantidad de facturas sin pagar, ya que lady Clementina nunca había llevado bien sus cuentas.

Lord Arthur estaba muy conmovido por el cariñoso recuerdo de lady Clementina, y comprendió que míster Podgers tenía mucho que ver en aquel asunto. Sin embargo, su amor por Sybil dominó las demás emociones, y el convencimiento de que había cumplido con su deber le llenó de paz y consuelo. Cuando llegó a Charing Cross se sintió completamente feliz.

Los Merton lo recibieron con gran amabilidad.

Sybil le prometió que nunca volvería a permitir que algo se interpusiera entre ellos, y la boda se fijó para el día 7 de junio. La vida le volvió a parecer hermosa y tornó a él su antigua alegría.

Sin embargo, un día, cuando fue a la casa de Curzon Street en compañía del notario de lady Clementina y de la propia Sybil, mientras quemaban paquetes de cartas viejas y sacaban de los cajones las cosas inútiles, la muchacha lanzó de repente un grito de alegría.

–¿Qué has encontrado, Sybil? –dijo lord Arthur, levantando la vista y sonriendo.

–Esta bonita *bonbonnière* de plata, Arthur. Parece de estilo holandés. ¡Regálamela! Sé que las amatistas no me sentarán bien hasta que tenga ochenta años.

Era la caja que había contenido la aconitina.

Lord Arthur se estremeció y un ligero rubor cubrió sus mejillas. Casi había olvidado por completo lo que había hecho y le pareció una curiosa coincidencia que fuese Sybil, por cuya causa había pasado tan terrible angustia, la que primero se lo recordase.

–Naturalmente que puedes quedártela, Sybil. Yo mismo se la di a la pobre lady Clem.

–¡Oh! Gracias, Arthur. ¿Y también puedo quedarme con el bombón? No sabía que a lady Clementina le gustaran los dulces. Creí que era demasiado intelectual para eso.

Lord Arthur se puso intensamente pálido, y una horrible idea cruzó por su mente.

–¿Un bombón, Sybil? ¿Qué quieres decir? –exclamó con voz ronca y grave.

–Hay uno en la cajita, eso es todo. Parece muy viejo y polvoriento, y no tengo la menor intención de comérmelo. ¿Qué te pasa, Arthur? ¡Qué blanco te has puesto!

Lord Arthur atravesó la habitación y examinó la caja. Dentro estaba la cápsula color ámbar, con su burbuja de veneno. ¡Lady Clementina había fallecido de muerte natural!

La impresión que le produjo aquel descubrimiento fue demasiado para él. Arrojó al suelo la cápsula y se derrumbó sobre el sofá con un gemido de desesperación.

V

Míster Merton empezó a preocuparse a causa de aquel segundo aplazamiento de la boda, y lady Julia, que ya había encargado el vestido de novia, se empeñó en que Sybil rompiera su compromiso. A pesar del cariño que Sybil sentía por su madre, ella había puesto su vida en manos de lord Arthur, y nada de lo que lady Julia le dijo pudo hacer que flaqueara su fe en él. En cuanto a lord Arthur, tardó varios días en sobreponerse a aquella terrible decepción, y durante algún tiempo estuvo completamente desquiciado. Sin embargo, su gran sentido común se impuso pronto y su inteligencia práctica no le hizo dudar durante mucho tiempo con respecto a lo que debía hacer. Ya que el veneno había sido un completo fracaso, tenía que probar ahora con dinamita o cualquier otro explosivo.

Decidió repasar de nuevo la lista de sus parientes y amigos y, después de una cuidadosa consideración, pensó en hacer desaparecer a su tío el deán de Chichester. Era un hombre de gran cultura e inteligencia, y le gustaban mucho los relojes; tenía una maravillosa colección, desde ejemplares del siglo XV hasta los de nuestros días, y a lord Arthur le pareció que esta afición del buen deán le ofrecía

deán: canónigo que preside la comunidad de eclesiásticos de una catedral.

una gran oportunidad de llevar a cabo su plan. Desde luego, conseguir una máquina explosiva ya era otra cosa. El *London Directory*[50] no le daba ninguna información sobre este punto, y pensó que no sería de gran utilidad dirigirse a Scotland Yard[51], pues allí nunca parecían saber nada de los movimientos de los dinamiteros hasta que no se había producido una explosión, y aun entonces tampoco se enteraban de mucho.

De repente pensó en su amigo Rouvaloff, un joven ruso de tendencias muy revolucionarias, a quien había conocido un invierno en casa de lady Windermere. Se contaba que el conde Rouvaloff estaba escribiendo la vida de Pedro el Grande[52] y que había venido a Inglaterra para estudiar documentos relativos a la estancia del zar en este país como constructor de barcos; pero la gente sospechaba que era un agente nihilista[53], y no cabía duda de que a la Embajada rusa no le hacía mucha gracia su presencia en Londres. Lord Arthur pensó que este era el hombre que necesitaba, y una mañana se dirigió a su casa de Bloomsbury para pedirle consejo y ayuda.

–Entonces, ¿es que piensa tomarse en serio la política? –dijo el conde Rouvaloff cuando lord Arthur le contó el objeto de su visita.

[50] guía de Londres.

[51] célebre sede de la Policía Metropolitana londinense, entonces situada en el barrio de Whitehall. En 1980 fue trasladada a su ubicación actual, en la zona del Embarcadero («Enbankment») del Támesis (con el nombre de «New Scotland Yard»).

[52] destacado gobernante de Rusia perteneciente a la dinastía Romanov que gobernó el país desde 1682 hasta su muerte, en 1725. Su apodo se debe a su impresionante estatura (medía 2 metros y 4 centímetros de alto). Transformó Rusia en una importante potencia europea. Mandó a algunos de sus siervos a distintos países de Europa con el fin de que se formaran en avanzadas técnicas navales y construir así una gran armada. Él mismo viajó a Inglaterra bajo una falsa identidad con este mismo propósito.

[53] los nihilistas eran terroristas rusos que querían derrocar al Gobierno de los zares.

Pero lord Arthur, que aborrecía cualquier clase de fanfarronería, se creyó en el deber de admitir que las cuestiones sociales no le interesaban lo más mínimo y que simplemente quería una máquina explosiva para un asunto familiar que solo le concernía a él.

El conde Rouvaloff lo miró un instante con asombro, y después, al notar que hablaba en serio, escribió unas señas en un trozo de papel, lo firmó con sus iniciales y se lo entregó por encima de la mesa.

–Scotland Yard daría mucho por saber estas señas, querido amigo.

–Pero no las tendrá –exclamó lord Arthur riendo.

Y después de estrechar la mano del joven ruso calurosamente, bajó corriendo las escaleras, examinó el papel y le dijo al cochero que lo llevara a Soho Square.

Al llegar allí lo despidió y bajó por Greek Street hasta llegar a un lugar llamado Bayle's Court. Pasó por debajo de un arco y se encontró en un curioso *cul-de-sac*[54] que estaba aparentemente ocupado por una lavandería francesa, con una perfecta red de cuerdas cubiertas de ropa que se extendían de una casa a otra y que el aire de la mañana balanceaba ligeramente. Se dirigió hacia el fondo y llamó a la puerta de una casita verde. Después de alguna tardanza, durante la cual todas las ventanas se llenaron de rostros vigilantes, la puerta fue abierta por un hombre rudo con aspecto de extranjero, que le preguntó en mal inglés qué era lo que quería. Lord Arthur le tendió el papel que le dio el conde Rouvaloff. Cuando el hombre lo vio, hizo una inclinación e invitó a pasar a lord Arthur a una habitación destartalada del piso bajo, y a los pocos momentos, Herr

[54] expresión francesa que quiere decir «callejón sin salida».

Winckelkopf, como se le llamaba en Inglaterra, penetró en el cuarto con una servilleta manchada de vino alrededor del cuello y un tenedor en la mano izquierda.

–El conde Rouvaloff me ha dado una presentación para usted –dijo lord Arthur inclinándose ligeramente– y estoy deseando que hablemos sobre un asunto en el que tengo mucho interés. Mi nombre es Smith, míster Robert Smith, y quiero que usted me proporcione un reloj explosivo.

–Encantado de conocerlo, lord Arthur –dijo el pequeño alemán riendo–. No se alarme; es mi deber conocer a todo el mundo, y recuerdo haberlo visto una noche en casa de lady Windermere. Espero que ella esté bien. ¿No le importa sentarse conmigo mientras termino de desayunar? Tengo un excelente paté, y mis amigos son muy amables al decirme que mi vino del Rin es mejor que el que hay en la Embajada alemana.

Y antes de que lord Arthur se sobrepusiera a la sorpresa de haber sido reconocido, se encontró sentado en una habitación del fondo de la casa, bebiendo un delicioso *Marcobrünner*[55] en un vaso amarillo pálido marcado con el emblema imperial y charlando amigablemente con el famoso conspirador.

–Los relojes explosivos –dijo Herr Winckelkopf– no son muy buenos para exportarlos al extranjero, ya que, aunque logren pasar la aduana, el servicio de trenes es tan irregular que la mayoría de las veces estallan antes de llegar a su destino. Sin embargo, si desea uno para usarlo en el país, puedo proporcionarle un excelente artículo, garantizándole sus buenos resultados. ¿Puedo preguntarle a

[55] se refiere al vino de *Marcobrünner*, localidad alemana de la región de Erbach.

quién va destinado? Si es para la policía o para alguien relacionado con Scotland Yard, temo no poder ayudarle. Los detectives ingleses son realmente nuestros mejores amigos, y yo sé que confiando en su estupidez se puede hacer exactamente lo que queremos. No quisiera perjudicar a ninguno de ellos.

–Le aseguro –dijo lord Arthur– que no tiene nada que ver con la policía. En realidad, el reloj es para atentar contra el deán de Chichester.

–¡Hombre! No tenía idea de que usted estuviera tan interesado por la religión, lord Arthur. Pocos jóvenes lo están hoy día.

–Temo decepcionarlo, Herr Winckelkopf –dijo lord Arthur ruborizándose–. La verdad es que no sé nada de teología.

–Entonces, ¿es un asunto puramente privado?

–Puramente privado.

Herr Winckelkopf se encogió de hombros y dejó la habitación, volviendo a los pocos minutos con un cartucho redondo de dinamita del tamaño de un penique y un bonito reloj francés rematado por una figura de bronce que representaba a la libertad aplastando a la hidra[56] del despotismo.

despotismo: autoridad absoluta no limitada por las leyes ni por ningún control constitucional.

El rostro de lord Arthur se iluminó al verlo.

–Esto es justamente lo que yo quiero –exclamó–; ahora dígame cómo funciona.

–¡Ah! Ese es mi secreto –contestó Herr Winckelkopf, contemplando su invento con una justificada expresión de orgullo–; dígame cuándo desea que estalle y lo pondré en marcha al momento.

[56] monstruo de siete cabezas, según la mitología clásica; fue derrotado por el semidiós Hércules en uno de sus famosos «trabajos».

–Bien; hoy es martes, y si pudiera enviarlo inmediatamente...

–Eso es imposible; tengo varios trabajos de importancia que me han encargado unos amigos de Moscú. Sin embargo, puedo tenerlo mañana.

–¡Oh, es suficiente! –dijo lord Arthur cortésmente–. Da lo mismo mañana por la noche que el jueves por la mañana. Pero el momento de la explosión tiene que ser el viernes a mediodía exactamente. El deán está siempre en casa a esa hora.

–El viernes a mediodía –repitió Herr Winckelkopf.

Y tomó nota en un gran bloc que había sobre un escritorio cerca de la chimenea.

–Y ahora –dijo lord Arthur levantándose– dígame cuánto le debo.

–Es tan poco, lord Arthur, que ni siquiera voy a ponerle sobrecargo. La dinamita vale siete chelines y seis peniques; el reloj, tres libras[57] y diez chelines, y los portes, unos cinco chelines. Estoy encantado de poder serle útil a un amigo del conde Rouvaloff.

–Pero ¿y su trabajo, Herr Winckelkopf?

–¡Oh, eso no es nada! Es un placer para mí. No trabajo por dinero; vivo enteramente para mi arte.

Lord Arthur dejó sobre la mesa cuatro libras, dos chelines y seis peniques, y, dando las gracias al hombrecillo alemán por su amabilidad y declinando una invitación para tomar el té con unos anarquistas el sábado próximo, abandonó la casa y se dirigió hacia el parque.

Durante los dos días siguientes estuvo en un estado de gran excitación, y el viernes a las doce se marchó al Buc-

[57] monedas inglesas, desaparecidas con motivo de la reducción del sistema monetario inglés al sistema decimal. El chelín equivalía a 12 peniques, y la libra, a 20 chelines.

kingham a esperar las noticias. Durante toda la tarde, el conserje estuvo repartiendo telegramas de distintas partes del país, dando los resultados de las carreras de caballos, los veredictos de los asuntos de divorcio, el estado del tiempo y cosas por el estilo, mientras la cinta telegráfica explicaba los aburridos detalles de la sesión nocturna de la Cámara de los Comunes[58] y de un ligero pánico que se había producido en la Bolsa. A las cuatro llegaron los periódicos de la tarde, y lord Arthur desapareció en la biblioteca llevándose el *Pall Mall,* la *St. James,* el *Globe* y el *Echo,* ante la inmensa indignación del coronel Goodchild, que quería leer los reportajes sobre el discurso pronunciado aquella mañana en la Mansion House sobre las misiones sudafricanas y la conveniencia de tener obispos negros en todas las provincias; y, por una u otra razón, tenía grandes prejuicios contra el *Evening News*[59]. Sin embargo, ninguno de los periódicos contenía ni la más ligera alusión a Chichester, y lord Arthur pensó que el atentado había sido un fracaso. Aquello era un terrible golpe para él, y durante algún tiempo permaneció completamente abatido. Herr Winckelkopf, a quien fue a ver al día siguiente, le dio toda clase de excusas y se ofreció a darle completamente gratis otro reloj o una caja de nitroglicerina a precio de coste. Pero él había perdido toda su fe en los explosivos, y el mismo Herr Winckelkopf reconoció que hoy día estaba todo tan adulterado que incluso era muy difícil conseguir dinamita pura. El hombrecillo alemán, sin embargo, aunque admitía que algo debía de haber ido mal en el mecanismo, no descarta-

nitroglicerina: líquido aceitoso, inodoro, más pesado que el agua, explosivo potente e inestable, que, mezclado con un cuerpo absorbente, constituye la dinamita.

[58] cámara baja del Parlamento británico. Este tiene, además, una segunda cámara: la cámara alta o Cámara de los Lores. Se estableció en el siglo XIV y ha existido de forma continua desde entonces.

[59] nombres de publicaciones periódicas de la época.

ba la posibilidad de que el reloj aún pudiera estallar, como ocurrió con un barómetro que había enviado al gobernador militar de Odesa, el cual, aunque debía explotar a los diez días, lo hizo a los tres meses. Es cierto que cuando ocurrió esto solamente quedó hecha pedazos una doncella, pues el gobernador había salido de la ciudad seis semanas antes, pero quedó demostrado que la dinamita como fuerza destructora era excelente, aunque poco puntual cuando estaba bajo el control de una maquinaria. Lord Arthur se consoló un poco con esta reflexión, pero aun en esto estaba destinado a sufrir una nueva decepción, porque dos días más tarde, cuando subía las escaleras de su casa, la duquesa lo llamó a su tocador y le enseñó una carta que acababa de recibir del deanato.

–Jane escribe unas cartas encantadoras –dijo la duquesa–; debes leer esta última. Es tan buena como las novelas que nos envía Mudie[60].

Lord Arthur se la quitó de las manos. La carta decía lo siguiente:

Deanato de Chichester, 27 de mayo

Queridísima tía:

Muchas gracias por la franela para el asilo Dorcas[61] *y también por el tejido de algodón. Estoy completamente de acuerdo contigo en que es una tontería querer lucir cosas llamativas, pero todo el mundo es tan radical y tan irreligioso hoy día que es muy difícil convencerlos de que no deben vestirse*

[60] nombre de una compañía de bibliotecas ambulantes muy populares en la Inglaterra victoriana.

[61] sociedad benéfica femenina que recogía ropa y la distribuía entre los pobres.

como las clases altas. Te aseguro que no sé adónde vamos a ir a parar. Como papá dice a menudo en sus sermones, vivimos en una época de incredulidad.

Nos hemos divertido mucho con un reloj que envió a papá un desconocido admirador el jueves pasado. Llegó desde Londres en una caja de madera, con portes pagados; y papá cree que se lo habrá enviado alguno de los que oyeron su gran sermón «¿Es el libertinaje la libertad?», porque el reloj estaba rematado por una figura de mujer con un gorro frigio[62] *en la cabeza. No le favorece mucho, pero papá dice que es histórico, y supongo que estará en lo cierto. Parker lo desempaquetó y papá lo puso sobre la repisa de la chimenea de la biblioteca; y el viernes por la mañana, justamente cuando el reloj dio las doce, oímos un chirrido, salió un poco de humo del pedestal ¡y la figura de la libertad cayó, rompiéndose la nariz contra el bordillo de la repisa! María se alarmó mucho, pero la cosa fue tan ridícula, que James y yo nos echamos a reír, e incluso papá se divirtió. Cuando lo examinamos, vimos que era una especie de despertador y que, poniéndolo a una hora determinada y colocando un poco de pólvora bajo un pequeño martillo, se podía hacer estallar a voluntad. Papá dijo que no debía permanecer en la biblioteca a causa del ruido; así que Reggie lo llevó a la sala de estudio y ahora se pasa todo el día provocando pequeñas explosiones. ¿Crees que a Arthur le gustaría uno como regalo de boda? Supongo que*

[62] gorro de forma más o menos cónica, pero con la punta curvada, confeccionado habitualmente con lana o fieltro. En el siglo XIX se convierte en un símbolo internacional de la libertad y el republicanismo.

estarán de moda en Londres. Papá dice que pueden hacer mucho bien, porque muestran que la libertad no dura mucho y que termina derrumbándose. Papá dice que la libertad fue inventada en tiempos de la Revolución Francesa. ¡Qué espantoso es eso!

Ahora tengo que ir al asilo de Dorcas, donde pienso leerles tu instructiva carta. ¡Qué cierta es, querida tía, tu idea de que ellos deberían usar lo que va de acuerdo con su clase de vida y su posición! Pienso que es absurda su preocupación por la ropa cuando hay tantas cosas más importantes en este mundo y en el otro. Me alegro de que tu popelín estampado haya resultado bueno y de que el encaje no se rompa. El miércoles llevaré a casa del obispo el vestido de raso amarillo que me regalaste, y creo que resultará muy bien. ¿Te peinas con lazos o no? Jennings dice que ahora se llevan los lazos y que se usan las enaguas con mucho adorno de encaje. Reggie acaba de producir otra explosión y papá ha ordenado que lleven el reloj a los establos. Me parece que a papá ya no le gusta tanto como antes, aunque se siente muy halagado por haber recibido una cosa tan bonita e ingeniosa. Esto demuestra que la gente lee sus sermones y saca provecho de ellos.

popelín: tela delgada de algodón o de seda, o de la mezcla de ambos, ligeramente brillante.

enaguas: prenda interior femenina que se usa debajo de la falda.

Papá te envía recuerdos, a los cuales se unen James, Reggie y María, que esperan que el tío Cecil esté mejor de su gota. Se despide de ti con mucho cariño tu sobrina,

Jane Percy

P. D.: Dime lo de los lazos. Jennings insiste en que están de moda.

Lord Arthur se quedó tan serio y triste al leer la carta, que la duquesa se echó a reír.

–¡Mi querido Arthur –exclamó–, nunca volveré a enseñarte la carta de una joven! Pero ¿qué dices de lo del reloj? Creo que es un gran invento, y me gustaría tener uno.

–No me gustan esas cosas –dijo lord Arthur con una sonrisa triste.

Y después de besar a su madre, salió de la habitación.

Cuando llegó arriba, se dejó caer en un sofá y sus ojos se llenaron de lágrimas. Había puesto todo su interés en llevar a cabo el crimen, pero en ambas ocasiones había fallado, aunque no había sido culpa suya.

Había intentado cumplir con su deber, pero parecía como si el mismo destino lo hubiera traicionado. Estaba oprimido por la sensación de haber fracasado en sus buenas intenciones por la inutilidad de sus intentos de comportarse como debía. Quizá fuera mejor romper definitivamente su compromiso matrimonial. Seguro que Sybil sufriría, pero el sufrimiento no echaría a perder un carácter tan noble como el suyo. En cuanto a él, ¿qué importaba? Siempre hay alguna guerra en la que un hombre puede morir, alguna causa por la que un hombre puede dar su vida, y ya que la vida no le reservaba ninguna alegría, no sentía horror por la muerte. Que el destino siguiera su curso. Él no haría nada por ayudarle.

A las siete y media se vistió y se marchó al club. Surbiton estaba allí con un grupo de jóvenes y tuvo que cenar con ellos. Su conversación trivial y sus bromas insolentes no le interesaban, y tan pronto como se sirvió el café los abandonó, inventando un pretexto. Cuando salió del club, el portero le dio una carta. Era de Herr Winckel-

trivial: que carece de importancia, interés o novedad.

insolentes: descarados, irrespetuosos.

kopf, pidiéndole que fuera a visitarlo la tarde siguiente para ver un paraguas explosivo que estallaba cuando se abría. Era el último invento que acababa de llegar de Ginebra. Rompió la carta en pedacitos. Había decidido no hacer nuevas tentativas. Empezó a vagar por los muelles del Támesis y permaneció varias horas sentado junto al río. La luna asomó entre un grupo de nubes rojizas, como si fuera el ojo de un león, e innumerables estrellas relampaguearon en la gran bóveda del cielo, como polvillo dorado extendido sobre una cúpula purpúrea. De cuando en cuando, una barca surcaba las aguas turbias, deslizándose con la corriente, mientras las señales del ferrocarril cambiaban del verde al rojo cuando los trenes pasaban sobre el puente. Al poco tiempo sonaron las doce en la alta torre de Westminster, y a cada sonora campanada la noche pareció temblar. Después se apagaron las luces del ferrocarril, quedando una lámpara solitaria, como un gran rubí, sobre un poste gigantesco; el murmullo de la ciudad fue acallándose.

A las dos se levantó, dirigiéndose hacia Blackfriars. ¡Qué irreal parecía todo! ¡Qué semejante a un extraño sueño! Las casas de la otra orilla del río parecían surgir de la oscuridad. Se habría podido decir que había un nuevo mundo, hecho de plata y de sombras. La gran cúpula de San Pablo[63] era como una enorme burbuja dibujada en la oscura atmósfera.

Al acercarse al obelisco de Cleopatra vio a un hombre apoyado en la barandilla. Cuando se aproximó, el hombre levantó la cabeza y la luz de un farol de gas dio de lleno en su cara.

[63] San Pablo es la catedral de Londres, que posee una gran cúpula, la segunda en tamaño después de la de San Pedro del Vaticano.

¡Era míster Podgers, el quiromántico! Resultaban inconfundibles su rostro regordete, sus gafas de montura de oro, su sonrisa enfermiza y su boca sensual.

Lord Arthur se detuvo. Tuvo una brillante idea y se acercó sigilosamente. En un instante cogió a míster Podgers por las piernas y lo arrojó al Támesis. Se oyó un juramento, un chapoteo, y después, todo se quedó tranquilo. Lord Arthur se asomó con ansiedad, pero del quiromántico no pudo ver nada, excepto su sombrero, girando en un pequeño remolino de agua iluminado por la luna. Al cabo de un rato también desapareció este y no quedó ni rastro de míster Podgers. Por un momento creyó ver una informe figura que se agarraba a la escalera del puente, y una horrible sensación de fracaso se apoderó de él, pero resultó ser solo un reflejo, que se borró cuando la nube ocultó la luna. Por fin le pareció haber llevado a cabo el decreto del destino. Dio un profundo suspiro de alivio y el nombre de Sybil fue murmurado por sus labios.

–¿Se le ha caído algo, señor? –dijo una voz tras él, de repente.

Se volvió, y vio a un policía con su gran linterna.

–Nada de importancia, sargento –contestó sonriendo.

Y llamó a un coche que pasaba, se introdujo en él y le dijo al cochero que lo llevara a Belgrave Square.

Durante los días siguientes, sus sentimientos unas veces eran de esperanza y otras de temor. Había momentos en que casi esperaba ver entrar a míster Podgers, y, sin embargo, otras veces se decía que el destino no podía ser tan injusto con él. Por dos veces fue a casa del quiromántico en West Moon Street, pero no se atrevió a llamar al timbre. Deseaba la certeza, pero también la temía. Esta llegó, finalmente. Estaba sentado en el salón de fumadores del club tomando el té y escuchando con desgana la última canción del Gaiety[64] por boca de Surbiton cuando el camarero entró con los periódicos de la noche. Cogió el *St. James* y empezó a pasar distraídamente sus páginas, cuando sus ojos dieron con este extraño titular:

SUICIDIO DE UN QUIROMÁNTICO

Se puso pálido de excitación y empezó a leer. La noticia decía lo siguiente:

> *Ayer por la mañana, a las siete, apareció en la playa de Greenwich, justamente frente al Ship Hotel, el cuerpo de míster Podgers, el eminente quiromántico. El infortunado caballero había desaparecido hace unos días, y existía una honda preocupación en los círculos quirománticos. Se supone que se suicidó bajo la influencia de un trastorno mental momentáneo causado por el exceso de trabajo; esta tarde se dará un veredicto a este respecto. Míster Podgers acababa de terminar un gran tratado sobre el tema de* La mano humana, *que será publicado en breve y que sin duda atraerá mucha atención. El difunto tenía sesenta y cinco años y al parecer no ha dejado ningún pariente.*

Lord Arthur salió corriendo del club con el periódico todavía en la mano, ante el inmenso asombro del portero, que intentó en vano detenerlo, y se dirigió veloz-

[64] era el nombre de un teatro londinense especializado en comedias musicales.

mente a Park Lane. Sybil lo vio desde la ventana y algo le dijo que portaba buenas noticias. Corrió a su encuentro y, cuando estuvo frente a él, supo que todo se había solucionado.

–Mi querida Sybil –exclamó lord Arthur–, ¡casémonos mañana!

–¡Oh, loco! ¡Aún no hemos encargado el pastel! –dijo Sybil, riendo entre lágrimas.

VI

Cuando tuvo lugar la boda, unas tres semanas más tarde, la iglesia de San Pedro se llenó de gente elegante. La ceremonia fue oficiada solemnemente por el deán de Chichester y todos afirmaron que nunca habían visto una pareja tan bella como la que formaban los novios. Sin embargo, eran algo más que hermosos: eran felices. Ni un solo instante lamentó lord Arthur todo lo que había tenido que pasar por amor a Sybil, y ella, por otra parte, le dio todo lo mejor que una mujer puede entregar a un hombre: adoración, ternura y amor. Para ellos, la realidad no mató la novela romántica. Siempre se sintieron jóvenes.

Algunos años después, cuando habían nacido ya dos bellos niños de su matrimonio, lady Windermere fue a visitarlos a Alton Priory, un bello lugar que había sido el regalo de boda del duque a su hijo; y una tarde, estando sentada con Sybil bajo un tilo en el jardín, observando al niño y a la niña, que jugaban entre los rosales, como suaves rayos de sol, sujetó de repente las manos de Sybil y dijo:

—¿Es usted feliz, Sybil?

–Querida lady Windermere, naturalmente que soy feliz. ¿Usted no lo es?

–Yo no tengo tiempo de ser feliz, Sybil. Siempre me gusta la última persona que me presentan; pero siempre, tan pronto como conozco a la gente, me canso de ella.

–¿No le satisfacen sus leones, lady Windermere?

–¡Oh, no, querida! Mis leones solo son buenos para una temporada. Tan pronto como se les corta la melena, se transforman en las criaturas más insoportables del mundo. ¿Recuerda a aquel horrible míster Podgers? Era un impostor. Desde luego, no me preocupaba en absoluto; aun cuando me pedía dinero prestado, lo perdonaba; pero no podía aguantar sus manifestaciones de amor hacia mí. Realmente me hizo odiar la quiromancia. Ahora me gusta la telepatía. Es mucho más divertida.

–Aquí no debe decir nada contra la quiromancia, lady Windermere; es lo único que Arthur no permite que se tome a broma. Le aseguro que para él es una cosa muy seria.

–¿No querrá decir que cree en ella, Sybil?

–Pregúntele a él, lady Windermere; aquí está.

Y lord Arthur se acercó con un gran ramo de rosas amarillas en la mano y los dos niños saltando a su alrededor.

–¿Lord Arthur?

–Sí, lady Windermere.

–No irá a decirme que cree en la quiromancia, ¿verdad?

–Claro que sí –dijo el joven sonriendo.

–Pero ¿por qué?

–Porque le debo toda la felicidad de mi vida –murmuró, sentándose en una silla de mimbre.

–Mi querido lord Arthur, ¿qué le debe?

–A Sybil –contestó él, tendiéndole las rosas a su esposa y mirándose en sus ojos violetas.

–¡Qué tontería! –exclamó lady Windermere–. Nunca oí una tontería más grande en toda mi vida.

ACTIVIDADES

EL FANTASMA DE CANTERVILLE
EL CRIMEN DE LORD ARTHUR SAVILE

Oscar Wilde

Bruño

COLECCIÓN
CLÁSICOS
JUVENILES

UN LIBRO POR DESCUBRIR

En épocas antiguas, cuando el día tocaba a su fin y las tinieblas cubrían el mundo, los seres humanos aliviaban sus miedos reuniéndose a contar historias alrededor del fuego. En las noches de invierno, la sola idea de atravesar un bosque o de transitar por las calles desiertas del pueblo hacía erizarse los cabellos del más valiente. Las sombras, los ruidos, el soplo del viento... alimentaban la imaginación de esas personas, que acabaron soñando con seres de pesadilla como monstruos, ogros, brujas, hombres lobo o vampiros.

La muerte constituye para el ser humano el territorio más oscuro y desconocido. En sus fronteras nacieron criaturas que, como los muertos vivientes o los fantasmas, aterran y fascinan al mismo tiempo.

La voz del lector

¿Qué hace que una obra enganche y otra aburra? ¿Qué elementos son los que, ya desde las primeras páginas del libro, mantienen la atención y el interés del lector?

1 Indica cómo valoras la obra que has leído diciendo con cuáles de estas afirmaciones estás de acuerdo y con cuáles no:

Afirmaciones	Sí	No
La obra me ha parecido interesante porque el tema de los dos cuentos es original y atractivo.		
Las dos historias me han parecido originales por el modo de tratar el tema.		
Creo que las historias de miedo ayudan a los lectores a experimentar sus propios terrores y, en cierto modo, a tomárselos menos en serio.		
Me gusta la historia del fantasma porque el autor, al mismo tiempo que se burla de las supersticiones, presenta al fantasma como alguien que necesita ayuda.		
He disfrutado de la trama y del desarrollo del argumento.		
El desarrollo de los acontecimientos ha hecho que mi interés fuera creciendo a medida que avanzaba en la lectura del texto.		
Me ha gustado y sorprendido el final de la historia del fantasma.		
Me ha gustado y sorprendido el final de la historia del crimen.		

¿Has comprendido el relato?

2 Demuestra que has comprendido el relato y que recuerdas sus aspectos más relevantes.

a) Responde a las siguientes preguntas sobre *El fantasma de Canterville:*

- ¿Cuál era el trabajo de míster Otis?
- ¿Quién le vendió la casa con el fantasma dentro?
- ¿Quién era el muerto cuyo fantasma habitaba en la casa?
- ¿Qué crueles y tremendos actos había realizado en vida?
- ¿De dónde era oriunda la familia Otis?
- ¿Cuántos hijos en total tenían los Otis?
- ¿Cuál fue el primer rastro del fantasma que vieron en la casa?
- ¿Cómo reaccionó míster Otis cuando escuchó el chirrido de las cadenas del fantasma?
- ¿Cómo atemorizaron los gemelos al fantasma?
- ¿De qué modo ayuda Virginia al fantasma?

b) Responde a las siguientes preguntas sobre *El crimen de lord Arthur Savile:*

- ¿En qué lugar conoce lord Arthur Savile al quiromántico?
- ¿Cuál era la habilidad de este extraño personaje?
- ¿Cómo se llamaba el quiromántico?
- ¿Qué pasó cuando lord Arthur le mostró la mano al quiromántico?
- ¿Qué tremendo destino tiene escrito en la mano lord Arthur?
- ¿Cómo reacciona lord Arthur cuando conoce este destino?
- ¿Cómo se llamaba la novia de lord Arthur?
- ¿Cuántas veces retrasa lord Arthur la boda? ¿Por qué?
- ¿Qué crímenes intenta cometer lord Arthur?

3 Di si las siguientes afirmaciones son verdaderas (V) o falsas (F):

- [ ] Lord Canterville ocultó a míster Otis la existencia del fantasma para venderle mejor la casa.
- [ ] La familia Otis no creía en fantasmas.
- [ ] La primera jugarreta del fantasma fue poner a la duquesa de Bolton sus dos manos de esqueleto sobre los hombros.
- [ ] Tradicionalmente, siempre que aparecía el fantasma, ocurría alguna desgracia en la familia Canterville.
- [ ] El hijo mayor de los Otis, Washington, vivía de la música.
- [ ] La señorita Virginia montaba muy bien a caballo.
- [ ] Los Otis estaban muy condicionados por la publicidad.
- [ ] Lady Windermere era muy aficionada a organizar recepciones en su casa.
- [ ] Un quiromántico es lo mismo que un podólogo, pero de manos.
- [ ] El quiromántico no se equivocaba nunca.
- [ ] El quiromántico era un impostor.
- [ ] Lord Arthur era muy supersticioso y tremendamente influenciable.
- [ ] Lord Arthur pensaba casarse inmediatamente con Sybil Merton.
- [ ] La tarea de realizar el asesinato fue muy costosa para lord Arthur, pero al final lo consiguió.
- [ ] La profecía del quiromántico hizo que lord Arthur perdiera a su amada.

UN DIÁLOGO CON EL LIBRO

EL AUTOR Y SU MUNDO

Oscar Wilde

Oscar Wilde, escritor, poeta y dramaturgo británico-irlandés, nació el 16 de octubre de 1854 en Dublín, en el seno de una familia protestante irlandesa. Fue el segundo de tres hermanos de una familia acomodada: su padre, Sir Williams Robert Wills Wilde, fue médico cirujano, y su madre, Jane Francesca Elgee, era una escritora de éxito y una nacionalista de la causa irlandesa.

Wilde estudió en casa hasta los nueve años, y luego, en diferentes colegios de Irlanda donde destacó como joven inteligente y sensible. Durante su etapa escolar murió su hermana Isola.

Gracias a una beca pudo ingresar en 1874 en el Magdalen College, de Oxford, donde continuó sus estudios hasta 1878. Durante su estancia en este colegio falleció su padre, el 19 de abril de 1876.

El *movimiento estético* se propagó en esta época entre ciertos segmentos de la sociedad poniendo de moda las actitudes lánguidas y las vestimentas exageradas. Ya desde su estancia en el Magdalen College, Wilde adoptó este movimiento y sus signos externos: comenzó a llevar el pelo largo y a desdeñar abiertamente los deportes llamados «masculinos».

En noviembre de 1878 se graduó en el Magdalen College con la mejor nota posible. Regresó entonces a Dublín, donde se enamoró de Florence Balcome, que no le correspondió, por lo que el joven decidió abandonar Irlanda en 1878. Pasó los siguientes seis años de su vida en Londres, en París y en Estados Unidos.

En 1884 se casó en Londres con Constance Lloyd, hija de Horace Lloyd, consejero de la reina, cuya dote permitió a la pareja vivir desahogadamente. Con ella tuvo dos hijos.

En enero de 1882, el empresario Richard d'Oyly Carte contrató a Wilde para dar un ciclo de conferencias en Estados Unidos. En realidad, le interesaba garantizarse el éxito de la gira por ese país de la opereta *Patience,* que ridiculizaba el esteticismo. Para ello quería asegurarse de que el público americano estuviera al tanto de la excéntrica personalidad de este personaje británico.

De regreso a Gran Bretaña, el escritor trabajó como corrector para la *Pall Mall Gazette* desde 1887 hasta 1889. Después de este periodo se convirtió en el editor de *Woman's World (Mundo Femenino).*

En 1895, estando en la cima de su carrera, Wilde protagonizó el más sonado proceso judicial del siglo, que escandalizó a la puritana sociedad victoriana de su época. Fue acusado de sodomía por el padre de lord Alfred Douglas, el marqués de Queensberry. El juicio se celebró en mayo de 1895 y el escritor fue condenado a dos años de trabajos forzados que lo arruinaron material y moralmente.

Su peripecia en prisión fue descrita en dos de sus obras: *De Profundis,* extensa carta dirigida a lord Alfred Douglas, y el poema *The Ballad of Reading Gaol.* Desengañado de la sociedad inglesa, Wilde pasó el resto de su vida en París, donde se convirtió al catolicismo y donde muy pronto murió, el 30 de noviembre de 1900.

Entre sus obras destacan *El retrato de Dorian Gray* (su única novela) y numerosos relatos breves como *El crimen de lord Arthur Savile* y *El fantasma de Canterville.* Entre sus cuentos cabe mencionar *El príncipe feliz y otros cuentos* (1888).

Fue también autor dramático; entre sus obras teatrales destacan las comedias *El abanico de lady Windermere*, *Una mujer sin importancia, Un marido ideal* y *La importancia de llamarse Ernesto.* Fruto de su vena poética conviene mencionar su libro *Poemas,* publicado en 1882, y el extenso poema *Rabean,* que ganó el prestigioso premio Newdigate en 1878.

LA NOVELA Y SU TIEMPO

El siglo XIX es una época convulsa en la que se sucedieron una serie de movimientos revolucionarios. La **revolución de 1848** se inició en París y se extendió rápidamente por toda Europa; pretendía luchar por ideales democráticos, aunque no llegó a triunfar.

El impresionante desarrollo industrial iniciado en Inglaterra y desarrollado en todo el continente produjo grandes cambios económicos, políticos y sociales. La aparición y la expansión del **capitalismo** hicieron sucumbir las viejas estructuras económicas dando lugar a nuevas formas de producción y a nuevas clases sociales: la **burguesía,** que controlaba el poder económico y político, y el **proletariado,** obreros que trabajaban en las fábricas y que dependían exclusivamente de su salario.

Pronto se hicieron evidentes las inmensas desigualdades entre una clase y otra, lo que originó numerosas tensiones sociales y provocó el nacimiento del **socialismo.** En 1848, Engels y Marx publicaron el *Manifiesto comunista,* y en 1867 apareció *El capital*, obra cumbre de esta doctrina en la que Marx analizó la economía, la sociedad y la política de su tiempo. La doctrina socialista aspiraba a una sociedad libre e igualitaria, y en contraposición al liberalismo, creía que la propiedad privada de los bienes era el origen de todos los males de la sociedad. Poco a poco, y según avanzaba el siglo XIX, el proletariado fue tomando conciencia de clase y acabó luchando por sus reivindicaciones laborales, surgiendo así el **movimiento obrero.**

En el campo del pensamiento, la doctrina filosófico-científica que triunfaba en esta época era el **positivismo** de Auguste Compte, que defendía la necesidad de conocer y explicar el mundo basándose exclusivamente en el conocimiento científico.

Paralelamente al progreso de las ideas, el **avance de la ciencia** parecía imparable: Charles Darwin publicó en 1859 su obra *El origen de las especies,* en la que defendía la teoría del evolucionismo, según la cual los organismos vivos evolucionan de otros anteriores a través de la selección natural, mediante la adaptación al medio y la lucha por la vida. Un poco más tarde, en 1865, Mendel descubrió las leyes de la herencia. En medicina se investigó el origen de muchas enfermedades y sus formas de transmisión y se descubrieron vacunas.

También surgieron las nuevas **ciencias sociales:** la sociología, la psicología, la economía, la antropología..., que pretendían aplicar el método científico al estudio del ser humano y de la sociedad. Al comienzo del siglo XX, Freud definiría su teoría del **psicoanálisis,** que explicaba la existencia humana como una lucha entre pulsiones y deseos contradictorios, lo que contribuyó a esa visión contradictoria de la persona.

Estos numerosos avances científicos aceleraron el progreso tecnológico: se desarrollaron de forma espectacular las comunicaciones y los transportes, y a partir de 1880 aparecieron nuevas formas de energía: la electricidad y los combustibles derivados del petróleo.

Durante este siglo, las **ideas nacionalistas** se extendieron por todo el continente europeo y dieron lugar a nuevos Estados, como Alemania o Italia. Surgió también con fuerza el **impulso colonialista** de las metrópolis europeas: Londres, París o Berlín se disputaban los recursos de América, África y Asia, ya que sus grandes industrias necesitaban inmensos recursos naturales, mucha mano de obra y nuevos mercados para sus productos.

En Inglaterra, durante toda la segunda mitad del siglo XIX (1837-1901), ocupó el trono la reina Victoria (era victoriana), quien impulsó el concepto de imperialismo, según el cual Inglaterra estaba en su derecho de someter bajo su mandato a muchos pueblos diferentes. Gran Bretaña inició así una política expansionista y colonial que la situó a la cabeza de los países europeos. Su imperio colonial, con la India como pieza fundamental, fue el más importante del mundo.

No obstante, el imperialismo, alimentado por los sentimientos patrióticos y nacionalistas, contribuyó a enfrentar a los

Estados y a crear el clima de mutua desconfianza que ocasionó numerosas **tensiones bélicas** en Europa: entre 1871 y 1914 se vivieron cuarenta y tres años de paz precaria que conducirían a la **Primera Guerra Mundial.**

Durante el largo reinado de la reina Victoria, los cambios culturales, políticos, económicos, industriales y científicos fueron notables. Inglaterra pasó de ser una sociedad esencialmente agraria y rural a ser una sociedad industrializada, conectada por una importante red de ferrocarriles. La reina propició también una serie de **cambios legales** que favorecieron a las mujeres y a los niños. Por una parte, las mujeres, aunque no podían todavía votar, ganaron el derecho legal sobre su propiedad después del matrimonio, el derecho a luchar por la custodia de sus hijos tras separarse de sus maridos; y por otra parte, en 1891 se instauró la educación gratuita para todos los niños menores de 10 años.

En el campo de la literatura, el Romanticismo, que triunfaba en Europa durante la primera mitad del siglo, fue sustituido, hacia 1850, por un nuevo movimiento literario: el **Realismo.** Opuesto a los excesos imaginativos del Romanticismo, el Realismo pretendía describir la realidad tal como es.

En contraposición al auge del Realismo, una forma de entretenimiento de las masas surgida en esta época fueron los espectáculos relacionados con sucesos paranormales, como la **hipnosis,** el **espiritismo** o la comunicación con los muertos, la invocación de fantasmas y espíritus, etc. Estas actividades fueron muy populares y explican el auge que también obtuvo la literatura de misterio.

Es en este periodo cuando publican sus obras grandes novelistas rusos como Dostoyevski (1821-1881), León Tolstói (1828-1910) o Chejov (1860-1904); y triunfa en Francia la novela realista, iniciada en la primera mitad del siglo por Stendhal (1783-1842) y Balzac (1799-1850), y que tiene importantes seguidores en la segunda mitad del siglo: Gustave Flaubert, autor de *Madame Bovary* (1857), o Émile Zola (1840-1902), creador del Naturalismo. En Inglaterra, por su parte, triunfan Charles Dickens (1812-1870) y Robert Louis Stevenson, autor de *El extraño caso del Dr. Jekyll y Mr. Hyde* (1886), y en Estados Unidos, Mark Twain (1835-1910), autor de obras tan famosas como *Las aventuras de Tom Sawyer* (1876) o *Las aventuras de Huckleberry Finn* (1884).

En el campo del arte aparecen nuevas formas de expresión artística. En la pintura, desde mediados del siglo XIX, encontramos la revolución de los **impresionistas,** que tanto influirá en la posterior evolución de la pintura.

Sin embargo, el arte que emergía se vio pronto sacudido por la Primera Guerra Mundial, que trajo consigo otra vez un sentimiento de fracaso y de profundo pesimismo.

El fantasma de Canterville

En esta breve narración, el autor parodia los **relatos de misterio y terror,** la llamada **novela gótica,** que tanto éxito tenía entre la sociedad victoriana de su época. En general, la literatura gótica sitúa los hechos en viejos castillos en los que acontecen sucesos extraños e inquietantes, y siente especial predilección por los fenómenos sobrenaturales, así que muy pronto vieron la luz diversas historias protagonizadas por seres fantasmales: espectros especializados en atormentar a los inquilinos de casas o castillos encantados y apariciones que acechaban tras las gruesas cortinas, en la oscuridad de la noche.

Oscar Wilde aporta en este cuento una visión original de este tipo de relatos: aquí el espectro no provoca en el lector horror, sino compasión. Al final, parece ser mejor persona que la familia americana de nuevos ricos que compra esa vetusta mansión donde habita el fantasma.

El ministro americano Hiram B. Otis es el padre de esta familia que se traslada al castillo encantado que lord Canterville ha puesto en venta. Él mismo, antes de venderle la siniestra mansión, le avisa de que en ella habita desde hace siglos el fantasma de sir Simon de Canterville, asesino de su esposa, lady Eleonore de Canterville.

Pero míster Otis, hombre pragmático donde los haya, no cree en fantasmas y desoye las advertencias del lord, instalándose en la mansión con toda su familia. Ni la pareja ni ninguno de sus hijos parecen estar preocupados por los extraños sucesos que provoca el espectro; más bien lo toman como un original entretenimiento, burlándose de él y haciéndole la vida imposible hasta que cae en una especie de depresión fantasmal. Por fin, Virginia, la hija del ministro, le ayuda a purgar sus pecados para que pueda descansar en su tumba para siempre.

El crimen de lord Arthur Savile

Esta segunda narración de Oscar Wilde, *El crimen de lord Arthur Savile,* es una parodia de las narraciones detectivescas que también triunfaban en la sociedad victoriana de esta época.

En ella, el crimen, en lugar de ser un hecho misterioso que el detective protagonista investiga y resuelve con sus grandes dotes de observación, se convierte en un destino inexcusable para un «buen ciudadano» como lord Arthur.

El crimen de lord Arthur Savile comienza en una de las fastuosas fiestas que da lady Windermere para las clases altas de la sociedad victoriana. Entre las damas ociosas, los lores, los diplomáticos, parlamentarios y académicos, la dueña de la casa ha invitado a un peculiar personaje: su quiromántico personal, el señor Podgers, que se dedica a amenizar la velada leyendo la palma de la mano a diversos asistentes a la reunión.

Entre ellos se encuentra lord Arthur Savile, joven noble, enamorado de la bella Sybil Merton y con la que piensa casarse de forma inmediata.

Cuando lord Arthur se presta a que el quiromántico le vaticine su futuro, este le anuncia que está destinado a cumplir con un trágico destino: cometer un asesinato.

El joven, conmocionado por la información y plenamente convencido de ella, decide «cumplir con su deber» y aplazar su boda.

De esa manera se embarca en la difícil tarea de cometer un asesinato. Tarea que asume como irremediable y que llega a convertirse en una obsesión para él, hasta que, en una vuelta de tuerca propia del humor negro del autor, por fin consigue «cumplir su destino»: encuentra al quiromántico en uno de los puentes sobre el río y lo empuja a las aguas, donde se ahoga.

Wilde vuelve a dar un giro asombroso a la narración haciendo que el asesino adopte el papel de héroe protagonista y que la víctima aparezca a los ojos del lector como el verdadero villano del relato. De este modo denuncia la confusión entre el bien y el mal propia de la sociedad en la que le tocó vivir.

Al final de la historia, cumplido su destino, lord Arthur puede casarse y llevar una vida feliz.

EL UNIVERSO NARRATIVO

El género literario

4 La obra que has leído se compone de dos cuentos o narraciones breves de Oscar Wilde. Pero ¿recuerdas las diferencias que hay entre una novela y un cuento?

a) Observa este cuadro para aclarar tus ideas:

Novela	Cuento
Narración extensa.	Narración breve.
Pretende reflejar la realidad de un mundo en su totalidad.	Abarca tan solo un aspecto o fragmento de la realidad.
Variedad de espacio y tiempo: la acción se puede desarrollar en diferentes lugares y épocas.	Espacio y tiempo únicos.
Amplio repertorio de personajes.	Pocos personajes; a veces, tan solo el protagonista.
Trama complicada: puede haber numerosos episodios y variadas acciones secundarias.	Trama sencilla y única que suele referirse a un acontecimiento insólito.
Desarrollo lento de la acción: la novela puede detenerse en el detalle, incorporar descripciones minuciosas y crear una ambientación cuidada.	Desarrollo rápido de la trama, que llega enseguida a su punto álgido. La extensión del cuento no deja espacio para largas descripciones ni para ambientaciones detalladas.
Se retarda el desenlace.	Desenlace rápido, a menudo inesperado y sorprendente.
Complejidad de los recursos narrativos (narrador, espacio, tiempo, estructura de la narración, etc.).	Sencillez de los recursos narrativos.
Estilo variado y complejo.	Estilo sobrio y cotidiano.
Presencia de narración y de diálogos.	Presencia de elementos líricos.

b) Teniendo en cuenta esta información, analiza ahora de qué manera cumple cada uno de los cuentos que has leído las características de las narraciones breves. Utiliza la tabla que aparece a continuación.

Características	*El fantasma de Canterville*		*El crimen de lord Arthur Savile*	
	Sí	No	Sí	No
Brevedad.				
Abarca un fragmento de la realidad.				
Espacio y tiempo únicos.				
Pocos personajes.				
Trama sencilla y única.				
Desarrollo rápido de la trama.				
Desenlace rápido, inesperado y sorprendente.				
Sencillez de recursos narrativos.				
Estilo sobrio y cotidiano.				
Presencia de elementos líricos.				

5 ¿Recuerdas los géneros literarios? Dentro de cada uno de los cuatro grandes géneros (dramático, narrativo, lírico o ensayístico), la teoría de la literatura distingue diferentes subgéneros. En el siglo XX se produjo una amplia variedad de relatos de aventuras; así surgieron las narraciones de ciencia ficción, de espionaje, de misterio y terror…

a) Observa detenidamente los datos que aparecen a continuación.

Relato de aventuras

En él predomina la acción: se suceden continuamente acontecimientos inesperados y, a veces, extraordinarios. El héroe tiene que superar toda clase de obstáculos y situaciones arriesgadas para conseguir su objetivo.

Relato de intriga

Es un relato que presenta una trama complicada e inquietante que va captando progresivamente el interés del lector, pendiente en todo momento de descubrir el imprevisto desenlace de la historia.

Relato gótico

Es un tipo de relato de misterio y de terror cuya intriga se desarrolla en un viejo castillo en el que suceden acontecimientos extraños e inquietantes. La situación de angustia que vive el protagonista está potenciada por la intervención de seres fantásticos o espeluznantes que provocan la ansiedad y el terror.

b) Contesta ahora si las afirmaciones que siguen son verdaderas (V) o falsas (F):

El fantasma de Canterville

- ☐ Es un relato de aventuras, pues al fantasma le pasan muchas cosas.
- ☐ Es un relato de intriga porque la situación de un castillo con un inquilino fantasma es muy inquietante.
- ☐ Es una parodia del relato gótico, pues tiene todos sus elementos, aunque al lector le provoca más risa que miedo.
- ☐ Es un relato policiaco porque el fantasma ha cometido muchos crímenes a lo largo de toda su existencia.
- ☐ Es un relato de humor, pues el fantasma no provoca el miedo normal que suelen provocar los espectros.
- ☐ Es un relato de humor, pues los personajes reaccionan ante el fantasma de modo poco habitual.
- ☐ Es un relato de amor, pues al final, Virginia y su novio se casan.

El crimen de lord Arthur Savile

☐ Es un relato de humor, pues la quiromancia da risa.

☐ Es un relato realista, pues retrata fielmente las reuniones de la alta sociedad inglesa de la época victoriana.

☐ Es un relato de misterio, pues el quiromántico se dedica a desvelar los misterios del destino humano.

☐ Es un relato policiaco porque lord Arthur prepara y realiza un asesinato.

☐ Es un relato de humor negro porque, al final, el quiromántico que provoca al destino es castigado por él.

☐ Es un relato de intriga porque el lector queda atrapado desde el principio por el desarrollo inquietante de la acción.

☐ Es un relato gótico, pues el lector siente una gran ansiedad por la obsesión del protagonista por matar a alguien.

☐ Es un relato de amor, pues el protagonista está enamorado y todo lo hace por su deseo de casarse sin hacer sufrir a su amada.

☐ Es un relato de aventuras porque el protagonista, a raíz de conocer su destino, se embarca en unos hechos que ponen en peligro su propia vida.

6 El libro que has leído tiene dos cuentos diferentes que, no obstante, presentan características comunes. Indica cuáles de estos rasgos comparten y cuáles no:

Rasgos	Sí	No
Los dos cuentos están protagonizados por personas de las altas clases sociales.		
Los dos cuentos terminan mal.		
En los dos cuentos hay que resolver un asesinato.		
En los dos cuentos está presente el amor.		
Los dos cuentos acaban en boda.		
En los dos cuentos se trata el tema de la superstición.		
Los dos cuentos suceden en un castillo misterioso.		
En los dos cuentos están presentes la ironía y el humor.		

Los temas

7 Resuelve las siguientes actividades sobre *El fantasma de Canterville:*

a) **Lo sobrenatural.** En la época en que Oscar Wilde escribió estas narraciones estaban muy de moda, como forma de entretenimiento de masas, los espectáculos en los que se hacían demostraciones de hipnosis, y actividades espiritistas en las que supuestos médiums entraban en comunicación con los muertos.

En el cuento de *El fantasma de Canterville,* el espíritu de Simon de Canterville está atrapado en la casa debido a un horrible crimen cometido en vida.

- ¿Cuál fue este crimen?
- ¿Cuántos años lleva el espíritu penando como fantasma?
- ¿Sabrías poner algún ejemplo de las múltiples fechorías que ha cometido el fantasma en los últimos años para asustar a las personas?

b) **La casa misteriosa.** Generalmente, el alma en pena queda atrapada en algún lugar. En este caso es un castillo antiguo situado en Inglaterra. El castillo, caserón o casa misteriosa es el elemento típico de las novelas góticas. La casa, con su oscuridad, sus ruidos desconocidos y su fantasma, suele provocar en los habitantes todo tipo de temores e incluso su muerte.

- ¿Cuáles son los lugares de la casa por donde le gusta pasear de noche al fantasma?
- ¿Podrías describir cómo te has imaginado el castillo de Canterville?

c) **Idealismo frente a pragmatismo.** En este relato están continuamente enfrentándose dos visiones de la vida diferentes. Por una parte, el idealismo de aquellos que creen en lo sobrenatural, representantes de un mundo que está desapareciendo, y por otra, el pragmatismo de aquellos que, como la mayoría de los miembros de la familia Otis, creen que la razón puede explicarlo todo, y que todo lo puede comprar el dinero. Estos representan la nueva sociedad que está emergiendo, desprovista del idealismo propio del pasado. ¿Qué personajes crees que representan una visión y otra de la vida?

d) **La parodia y el humor.** En las narraciones de terror, el miedo a lo desconocido y a lo sobrenatural es un elemento básico de la trama. En este cuento, el fantasma de Simon de Canterville lleva mucho tiempo provocando miedo a los habitantes del castillo; sin embargo, inexplicablemente, la familia Otis no parece reaccionar de la misma forma.

- ¿De qué manera reaccionan los distintos miembros de la familia?
- ¿Qué efecto produce esto en el lector?
- ¿Cuáles son los elementos de las narraciones de miedo y de misterio que se parodian en este relato?
- ¿Te parece gracioso que el autor presente como más terroríficos a los gemelos que al propio fantasma?
- ¿Qué crees que puede querer decirnos Oscar Wilde con esto?

e) **El amor.** El amor está presente en la obra desde dos perspectivas diferentes: el amor de los jóvenes enamorados y el sentimiento desinteresado por medio del cual Virginia rescata al alma en pena de Simon de Canterville.

- ¿De qué manera consigue Virginia que descanse en paz el alma de Simon de Canterville?
- En los capítulos finales en los que se narra este episodio, el autor presenta a los gitanos según un estereotipo muy negativo. ¿Qué falsa suposición expone sobre ellos? ¿Te parece esto justo?
- ¿Cómo relacionarías este pensamiento prejuicioso con la sociedad victoriana de la época?
- Resume el episodio de la boda de Virginia.

8 Resuelve las siguientes actividades sobre *El crimen de lord Arthur Savile:*

a) **Lo sobrenatural.** Al igual que en el cuento anterior, lo paranormal está presente en esta narración. ¿De qué forma?

b) **El destino.** La idea de un destino inexcusable escrito en la palma de la mano está presente en este cuento.

- ¿Cuál es el personaje encargado de desvelar este destino a lord Arthur Savile?
- ¿Cree lord Arthur en ese destino?
- A la vista del desarrollo de los acontecimientos, ¿crees que el autor acepta esta creencia en el destino o, por el contrario, se burla de ella?

c) **La obsesión por el deber cumplido.** La creencia de lord Arthur en el destino le lleva a obsesionarse con una idea.
- ¿Cuál?
- ¿De qué manera afecta esto a su vida?

d) **La parodia.** Wilde parodia en este cuento los relatos de detectives. Indica de qué forma trastoca los elementos clave de las narraciones detectivescas para sorprender al lector.

En este relato...	Sí	No
Hay un detective que persigue a un asesino.		
Hay un criminal que busca una víctima.		
Se inicia la narración con la noticia de un asesinato ya ejecutado que se resuelve en el desarrollo de la acción.		
Se inicia la narración con la noticia de un asesinato que ha de ejecutarse y que se resuelve en el desarrollo de la acción.		
Se conoce de antemano la identidad de la víctima, pero no la del asesino.		
Se conoce de antemano el nombre del asesino, pero no el de la víctima.		
El malo es el asesino, y el bueno, la víctima.		
El malo es la víctima, y el bueno, el asesino.		
El asesino es castigado con la detención y la cárcel.		
El asesino es premiado con una vida familiar feliz.		

e) **El amor.** ¿De qué forma está presente el amor en esta narración?

f) **El burlador burlado.** En esta narración, el quiromántico pretende engañar a lord Arthur, pero acaba siendo víctima de su propio engaño. ¿De qué manera su mentira se vuelve contra él?

Los personajes

9 Generalmente, las narraciones breves cuentan con un número bastante limitado de personajes. Anota el nombre de los principales personajes de cada uno de los relatos.

(10) Aunque son pocos los personajes que llevan adelante la acción, tanto en un cuento como en otro se nombra a muchos otros personajes: los nobles a los que en siglos anteriores asustó el fantasma, en el caso del primer cuento, y los asistentes a la fiesta de lady Windermere, en el segundo.

Según esto, intenta colocar a los siguientes personajes en el lugar que les corresponde: Princesa Sofía de Carlsruhe, duquesa de Paisley, lady Marvel, monsieur Koloff, señora de Tremouillac, lady Stutfield.

(11) Relaciona mediante flechas.

Mistress Otis	Lady Virginia	Washington	Lady Windermere
Mujer bella, de cuarenta años. Ojos azules y cabellos con bucles dorados.	Mujer de mediana edad. Muy hermosa. Con aspecto de tener gran vitalidad.	Muchacha de 15 años esbelta y graciosa, con grandes ojos azules.	Muchacho joven y rubio, de buena figura. Lleva una gardenia en el ojal de su chaqueta.

12 Resuelve las siguientes preguntas:

a) ¿Quién crees que es el personaje protagonista de *El fantasma de Canterville?*

- [ ] Míster Otis, pues es quien compra la casa.
- [ ] El fantasma, pues sabemos toda su historia, los malos ratos que pasa con la nueva familia y la forma en que al final, por fin, consigue la paz.
- [ ] Los gemelos, pues son los que más travesuras hacen.

b) ¿Quién crees que es el personaje antagonista de *El fantasma de Canterville?*

- [ ] El fantasma, pues intenta asustar a la familia.
- [ ] El señor Otis, la señora Otis y los gemelos, pues unos con su incredulidad y otros con sus travesuras, hacen la vida imposible al fantasma.
- [ ] Virginia, pues es la que consigue que el fantasma abandone la casa.

c) ¿Quién crees que es el personaje protagonista de *El crimen de lord Arthur Savile?*

- [ ] Lady Windermere, pues es quien presenta al quiromántico.
- [ ] El quiromántico, pues es el que desencadena la acción.
- [ ] Lord Arthur Savile, tal y como lo indica el propio título del cuento.

d) ¿Quién crees que es el personaje antagonista de *El crimen de lord Arthur Savile?*

- [ ] El quiromántico, pues es el que engaña al protagonista.
- [ ] Lord Arthur Savile, pues es quien al final comete el asesinato.
- [ ] Míster Merton, pues se opone a que su hija se case con lord Arthur.

La estructura

13 Generalmente, las buenas narraciones, con el fin de que el lector no se pierda y mantenga el interés durante todo el acto de la lectura, se suelen estructurar en tres partes bien diferenciadas:

- En la primera parte del relato se presenta el marco narrativo: se sitúan los hechos en el espacio y en el tiempo, se presenta a los personajes que van a protagonizar el relato y se expone la situación inicial de equilibrio. En esta parte se produce también un acontecimiento importante que crea un conflicto y desencadena la acción.

- En la segunda parte se desarrollan las acciones que los personajes llevan a cabo para resolver el conflicto planteado.
- En la parte final se presenta la solución o el resultado de esas acciones, llegándose a una nueva situación de equilibrio o situación final.

a) ¿Sabrías diferenciar estas tres partes en cada uno de los relatos que has leído?

b) Indica a cuál de las partes de la estructura corresponden estos fragmentos.

El fantasma de Canterville	**Parte de la estructura**
«La tormenta rugió fieramente toda esa noche, pero no ocurrió nada de particular. A la mañana siguiente, sin embargo, cuando bajaron a desayunar, se encontraron de nuevo en el suelo la terrible mancha de sangre».	
«Cuando míster Hiram B. Otis, el ministro americano, compró la mansión de Canterville, todos le dijeron que había hecho una gran tontería, pues no cabía duda de que aquel lugar estaba embrujado».	
«El duque se levantó y besó cariñosamente a su esposa. –Pues guarda tu secreto todo el tiempo que quieras, mientras tu corazón me pertenezca –murmuró. –Siempre fue tuyo, Cecil. –Pero algún día se lo contarás a nuestros hijos, ¿verdad? Virginia se ruborizó».	
El crimen de lord Arthur Savile	**Parte de la estructura**
«De repente miró a su alrededor y dijo con su clara voz de contralto: –¿Dónde está mi quiromántico?».	
«–¿Lord Arthur? –Sí, lady Windermere. –No irá a decirme que cree en la quiromancia, ¿verdad? –Claro que sí –dijo el joven sonriendo. –Pero ¿por qué? –Porque le debo toda la felicidad de mi vida –murmuró, sentándose en una silla de mimbre».	
«Míster Merton empezó a preocuparse a causa de aquel segundo aplazamiento de la boda, y lady Julia, que ya había encargado el vestido de novia, se empeñó en que Sybil rompiera su compromiso».	

La técnica narrativa

14 En la siguiente tabla, marca con un punto azul la valoración que haces de cada uno de los ítems para el primer cuento (siendo 1 la más baja y 4 la más alta). Une después los puntos y obtendrás una línea en zigzag que recorrerá de arriba abajo el gráfico. Esta será la representación visual de la técnica narrativa. Haz lo mismo con el segundo cuento, dibujando esta vez los puntos en rojo y uniéndolos con una línea de ese mismo color. Una vez que tengas las dos líneas, compáralas y da una valoración personal acerca de qué cuento te parece que tiene una técnica narrativa más lograda.

	1	2	3	4	
El argumento no tiene interés.					El argumento es muy interesante.
Los acontecimientos no producen asombro en el lector.					Los acontecimientos producen asombro en el lector.
La historia no sabe mantener el suspense.					La historia sabe mantener el suspense en un nivel alto.
El autor no introduce apenas elementos que produzcan suspense.					El autor introduce muchos elementos eficaces para producir suspense.
La mente del lector está pasiva durante la lectura.					El autor consigue que la mente del lector esté activa durante todo el tiempo de la lectura elaborando hipótesis sobre el desarrollo de la acción.
El humor y la parodia no están presentes en la narración.					En la narración se hace un uso inteligente del humor y la parodia.
El autor expone los hechos de forma desordenada, lo que confunde al lector.					El autor mantiene el orden en la exposición lógica de los hechos.
Los personajes no son ni atractivos ni variados.					Los personajes son atractivos y variados.
Las descripciones de lugares, espacios, personajes, etc. están faltas de expresividad.					Las descripciones de lugares, espacios, personajes, etc., tienen una gran expresividad.
El autor no consigue transformar el ánimo del lector ante los hechos narrados.					El autor logra transformar el ánimo del lector ante los hechos narrados.
El final de la historia es obvio y no tiene fuerza alguna.					El final de la historia es sorprendente y tiene mucha fuerza.

15 En sus relatos, Oscar Wilde describe personas, objetos, lugares, etc.

¡Pero hacer una buena descripción tiene su dificultad! Hay que saber aplicar una fórmula infalible:

BD = OR + S + O + D (E2)

Es decir, una buena descripción (BD) es igual a:

observar la realidad (OR) + seleccionarla (S) + ordenar los rasgos (O) +
+ describirlos con exactitud y expresividad [D (E2)].

En primer lugar hay que observar la realidad que se quiere describir y seleccionar los rasgos que la definen. En segundo lugar hay que ordenar los elementos seleccionados según un orden preciso (de arriba abajo, de derecha a izquierda, del primer plano al fondo, etc.). Por último, hay que describir la realidad con exactitud y expresividad.

a) Lee estas descripciones:

Descripción de la señora Otis:

«Mistress Otis, que con el nombre de miss Lucretia R. Tappan, de West Street, 53, había sido una célebre belleza de Nueva York, era una maravillosa mujer de edad mediana, de ojos bellísimos y soberbio perfil. Muchas mujeres americanas, al dejar su país natal, adoptan un aspecto de enfermas crónicas, creyendo que esta es una forma de refinamiento europeo; pero mistress Otis nunca cayó en este error. Tenía una magnífica constitución y una estupenda salud».

Descripción de Virginia:

«Virginia E. Otis era una muchachita de quince años, esbelta y graciosa como una gacela y con unos grandes ojos azules bellísimos».

- Al tratarse de un cuento, el autor no puede detenerse demasiado describiendo la realidad minuciosamente, sino que ha de ser capaz de transmitir al lector su imagen de la realidad con tan solo unas cuantas pinceladas. ¿Te parece que en este caso Oscar Wilde lo consigue? Marca lo que corresponda.

- [ ] No, en absoluto. Con lo poco que dice de los personajes no podemos hacernos una idea de cómo son.
- [ ] Sí, totalmente. Con tan solo unas cuantas expresiones consigue que el lector se forme una imagen clara de los personajes.
- [ ] Relativamente. El lector conoce algo de los personajes, pero no le queda claro cuáles son sus principales rasgos.

- Según estas descripciones y las que recuerdas que hace el autor de toda la familia Otis, ¿qué sentimiento crees que tiene respecto a estos personajes?

- [ ] Indiferente.
- [ ] Negativo: los presenta de tal modo que caen mal.
- [ ] Positivo: hace que resulten simpáticos y atractivos.

b) Lee ahora atentamente este otro fragmento, que describe la llegada de la familia Otis al castillo:

> «Era un bello atardecer de julio y en el aire flotaba el aroma de los pinos. De cuando en cuando oían el dulce canto de algún pichón o veían aparecer entre los árboles las magníficas plumas bruñidas de un faisán. Pequeñas ardillas corrían entre las ramas de los árboles a su paso, y los conejos saltaban entre los arbustos y las rocas musgosas con sus pequeñas y blancas colas al aire. Cuando entraron en el paseo de la mansión de Canterville, sin embargo, el cielo se llenó de repente de nubes, una curiosa calma pareció reinar en el ambiente y una bandada de cuervos pasó sobre sus cabezas; antes de llegar a la casa empezaron a caer grandes goterones».

- Fíjate en el contraste entre la primera parte del párrafo y la segunda. ¿Qué ha cambiado? ¿Con qué intención crees que hace esto el autor?

c) Valora la exactitud y la expresividad de esta otra descripción. Utiliza la tabla que aparece en la página siguiente:

Entierro del fantasma:

> «La carroza iba tirada por ocho caballos negros, cada uno de los cuales llevaba en su cabeza un gran penacho de plumas de avestruz, y el ataúd de plomo estaba cubierto por un rico palio purpúreo, en el cual iban bordadas en oro las armas de los Canterville. Junto a la carroza y a los demás coches iban andando los criados, que portaban antorchas encendidas».

Exactitud	1	2	3	4
El autor usa más palabras concretas que abstractas.				
Los términos elegidos no son ambiguos.				
Se reconocen claramente los objetos que aparecen, aludiéndose a algunas de sus características (forma, color, movimiento...).				
La adjetivación no pretende simplemente embellecer la expresión, sino que especifica cualidades de los sustantivos que aparecen.				
Expresividad	**1**	**2**	**3**	**4**
El autor transmite en la descripción sensación de movimiento.				
Con las palabras que escoge, el autor consigue transmitir imágenes visuales (colores, formas...).				
El autor consigue describir sensaciones táctiles (frescor, calor).				
La expresividad de la descripción la acerca a una imagen cinematográfica.				

El narrador

16 En los dos relatos que componen esta obra, el autor ha inventado un narrador omnisciente. Este tipo de narrador se caracteriza por los siguientes rasgos:

- Relata los hechos en tercera persona.
- Pretende ser objetivo.
- Conoce todos los entresijos de la historia: sabe todo lo que ocurrió en el pasado y parece poder conocer también lo que va a ocurrir en el futuro.
- Tiene acceso a los sentimientos y los estados de ánimo de los personajes y puede contar a los lectores los pensamientos más íntimos que cruzan por sus mentes.
- Puede dirigirse directamente al lector exponiendo y comentando las actuaciones de los personajes o el desarrollo de los acontecimientos.

Busca en la obra algunos fragmentos en los que se pongan de manifiesto estas características del narrador.

17 El narrador de un relato puede reproducir la voz de los personajes de diferentes maneras:

Estilo directo	Estilo indirecto	Estilo indirecto libre
El narrador reproduce de forma literal la voz de los personajes. Sus palabras o pensamientos se reproducen tal cual fueron pronunciadas o pensados.	El narrador reproduce con sus propias palabras lo que los personajes han dicho o pensado.	El narrador reproduce con sus propias palabras la voz del personaje, pero lo hace introduciendo expresiones que se supone que reproducen directamente lo dicho o pensado por el personaje. Es una forma intermedia entre el estilo directo y el indirecto.
Estos fragmentos aparecen en primera persona y en forma de diálogo.	Estos fragmentos aparecen en tercera persona.	El narrador cede la palabra indirectamente a los personajes, insertando en el relato fragmentos de su discurso mediante técnicas como el monólogo.
El estilo es totalmente fiel al personaje.	El estilo indirecto es menos fiel a los personajes, pues es el narrador quien selecciona la información.	El estilo indirecto libre resulta más fiel al personaje que el estilo indirecto.

Identifica en este fragmento la parte del texto que son, en realidad, reflexiones personales del fantasma:

> «Durante cinco días permaneció en su habitación, y decidió por fin dejar de renovar la mancha de sangre en el suelo de la biblioteca. Si la familia Otis no la quería, era porque no la merecía. Evidentemente eran materialistas e inferiores, completamente incapaces de apreciar el valor simbólico de los fenómenos sensitivos. La cuestión de las apariciones fantasmales y el desarrollo de los cuerpos astrales era, por supuesto, una cosa completamente diferente, y en realidad estaba fuera de su control. Era su solemne deber aparecer en el corredor una vez por semana y gemir desde el gran ventanal los primeros y terceros miércoles de cada mes, y no veía la manera honrosa de escapar a estas obligaciones».

El espacio y el tiempo

18 Resuelve las siguientes cuestiones acerca del tiempo en las narraciones:

a) La acción de los dos cuentos de este libro se desarrolla más o menos en la misma época. ¿Cuál?

b) ¿Qué rasgos de los que aparecen a continuación nos permiten localizar la acción de las narraciones en esta época?

☐ Los personajes que aparecen y las clases sociales a las que pertenecen (nobles, eclesiásticos, burgueses, clases bajas...).

☐ Las reuniones sociales que se describen: costumbres, mobiliario, vestuario...

☐ Los lugares en los que se desarrolla la acción (salones de casas ricas, calles de Londres, castillos...).

☐ Las bodas que se describen (de nobles con nobles, de burgueses con nobles...).

☐ Los valores que se defienden o se parodian (los valores de la nobleza añeja, los nuevos valores de la burguesía acomodada...).

19 Si te has fijado bien, habrás podido ver que las dos narraciones están contadas en orden cronológico, es decir, comenzando el relato por los hechos que sucedieron antes y terminando con los que suceden después. Sin embargo, en el cuento de *El fantasma de Canterville*, se alude frecuentemente a distintos hechos del pasado. La función de estos saltos hacia atrás es:

☐ Aclarar al lector la procedencia de la familia Otis.

☐ Explicar otros momentos de la vida del fantasma en los cuales sus mañas para asustar a las personas le daban un excelente resultado.

☐ Hacer que el lector conozca los secretos de la familia Canterville.

20 Enumera todos los lugares que recuerdes en los que se desarrolla la acción de cada cuento.

El estilo y el lenguaje

21 Valora el estilo del autor contestando a las siguientes preguntas:

Estilo	*El fantasma de Canterville*		*El crimen de lord Arthur Savile*	
El léxico que utiliza es...	**Sí**	**No**	**Sí**	**No**
Escueto y objetivo.				
Claro y preciso.				
Muy variado.				
Bastante expresivo y sugerente.				
Demasiado retórico.				
Los diálogos son...				
Muy abundantes.				
Demasiado largos.				
Breves, ágiles y con ritmo.				
No hay apenas diálogos.				
La adjetivación de los textos es...				
Abundante, rica y variada.				
Muy sugerente y ayuda a visualizar las escenas con mucha riqueza de matices.				
Muy pobre.				
La sintaxis...				
Está formada por oraciones simples y frases muy cortas.				
Es variada, con frases más cortas o más largas, según las necesidades de la narración, pero se entiende muy bien.				
Es muy complicada, con frases demasiado largas que hacen difícil la comprensión del texto.				
El tono de los relatos es...				
Triste y algo plomizo.				
Variado: va cambiando según se desarrollan los diferentes acontecimientos.				
Muy festivo y alegre.				
Humorístico e irónico en ocasiones.				

Estilo	*El fantasma de Canterville*		*El crimen de lord Arthur Savile*	
Las descripciones son...	**Sí**	**No**	**Sí**	**No**
De una gran plasticidad.				
Muy abundantes y variadas.				
Demasiado largas y minuciosas.				
Preferentemente breves.				
El ritmo de las narraciones es...				
Vertiginoso, como corresponde a un relato de acción.				
Lento y pausado.				
Variado: alterna momentos de tensión y momentos tranquilos.				
Estable: mantiene el mismo ritmo, ni lento ni rápido, durante todo el relato.				

JUEGOS CON EL LENGUAJE

22 En la época en que Oscar Wilde escribía sus cuentos se daban los primeros pasos para el descubrimiento de la radio. Efectivamente, entre 1861 y 1865, James Clerk Maxwell descubrió las bases teóricas de la propagación de las ondas electromagnéticas, y tan solo unos años después, Heinrich Rudolf Hertz, entre 1886 y 1888, validó estas teorías experimentalmente poniendo las bases para que la radio se desarrollara a partir de finales del siglo y llegara a ser, ya en el siglo XX, uno de los grandes medios de comunicación de masas.

Imagina que tienes que retransmitir por radio un serial basado en *El fantasma de Canterville*. Por grupos:

- Elegid un capítulo.
- Elaborad el guión radiofónico.
- Repartid los papeles entre los compañeros.
- Determinad los efectos sonoros: golpes, chirridos, cadenas, aullidos...
- Escoged la música adecuada para algunos momentos de la historia.
- Preparad y ensayad la emisión de radio.
- Grabadlo todo.
- Escuchad las adaptaciones de los distintos grupos. Podréis entonces apreciar las variaciones que la creatividad de cada grupo aporta a la historia.

23 En el suelo de esta mansión misteriosa han aparecido unas extrañas inscripciones. Si eres capaz de descifrarlas, obtendrás una información importante acerca del autor.

C51ndo W3ld2 s5p4, 1 tr1v2s d2 5n p2r34d3st1, q51 s5 4rd2n d2 1rr2st4 s2 h1b31 p5bl3c1d4 s5 c1r1 s2 2ntr3st2c34. 2ns2g53d1 2l n4mbr2 d2 W3ld2 s2 q53t4 d2 l4s 1n5nc34s d2l St, J1m2s Th21tr1, d4nd2 L1 3mp4rt1nc31 d2 ll1m1rs2 2rn2st4 15n s2 2st1b1 2n c1rt2l. 2l pr3m2r j53c34 cr3m3n1l c4ntr1 4sc1r W3ld2 s2 1br34 2n 4ld B13l2y 2l 26 d2 1br3l de 1895.

Lo que dicen las palabras

24 La principal función del fantasma en su vida de ultratumba era la de provocar mucho miedo. Las palabras que tienes a continuación incluyen en su significado la idea de miedo, aunque unas en un grado mayor que otras. ¿Cuál de estos términos te produce más miedo?

Piensa en cada palabra y colócala en la casilla de la tabla de la página siguiente en la que crees que debe estar:

sobresalto sorpresa asombro susto turbación
espanto terror desasosiego temor pavor
alarma desconfianza canguelo pánico aprensión
horror cobardía nerviosismo intranquilidad
inquietud aviso angustia mosqueo
sospecha desasosiego prevención suspicacia
susceptibilidad mieditis recelo

Poco miedo	Algo de miedo	Mucho miedo

25 ¿Qué se quiere decir cuando se dice...? De las siguientes expresiones hechas, solo algunas equivalen a «tener mucho miedo». Señálalas con una cruz:

- ☐ Se le heló la sangre en las venas.
- ☐ Tiene un miedo cerval.
- ☐ Está hecho migas.
- ☐ Temblaba de miedo.
- ☐ Vive de milagro.
- ☐ Se moría de miedo.
- ☐ Le temblaban las carnes.
- ☐ Se le arrugó el ombligo.
- ☐ Se le hizo un nudo en la garganta.
- ☐ No le llegaba la camisa al cuello.
- ☐ Volvió a nacer.
- ☐ Se dio de narices.
- ☐ Se quedó de una pieza.
- ☐ Se le pusieron los pelos de punta.

26 El miedo es una emoción fuerte, pero el ser humano siente y expresa muchas otras emociones intensas:

Descúbrelas en esta sopa de sinónimos y coloca cada término en la columna de la tabla que le corresponde.

S	R	A	O	D	N	B	C	O	N	T	E	N	T	O	S	I	Q
L	Ñ	F	N	A	B	E	O	S	D	O	D	E	P	A	P	J	C
E	A	U	T	P	M	E	L	A	N	C	O	L	I	A	P	S	O
T	E	R	N	U	R	A	E	M	A	A	E	B	P	D	E	D	T
M	D	O	P	S	Z	C	R	G	B	E	M	E	O	D	P	G	S
A	F	R	F	U	R	I	A	I	M	S	D	A	P	F	E	J	L
S	E	P	A	S	I	O	N	P	E	O	E	M	D	S	N	O	O
A	D	O	D	T	S	A	F	T	R	I	S	T	E	Z	A	D	L
M	I	E	D	O	T	O	A	C	I	V	C	B	S	J	F	A	N
O	R	S	D	A	C	A	Z	A	D	O	O	X	D	Z	E	B	E
D	A	P	I	E	C	O	D	P	C	C	N	C	I	R	C	S	F
S	P	A	L	E	G	R	I	A	O	C	S	S	C	S	T	L	E
E	P	N	O	N	F	D	C	V	P	I	U	R	H	Y	O	L	I
O	I	T	E	M	O	R	H	O	M	J	E	K	A	E	O	R	P
R	A	O	M	E	N	A	A	R	F	E	L	I	C	I	D	A	D
S	O	R	T	O	N	B	D	E	R	G	O	Z	O	P	J	A	O
P	L	B	C	A	R	I	Ñ	O	B	C	D	L	F	O	T	O	R
R	S	A	T	A	J	A	M	O	R	N	E	E	B	N	E	R	S

MIEDO	IRA	TRISTEZA	ALEGRÍA	AMOR

27 El protagonista de *El crimen de lord Arthur Savile* se deja convencer por un charlatán que dice que sabe leer el destino en la palma de su mano... Busca en estas palabras cruzadas los términos que corresponden a las definiciones que tienes a continuación.

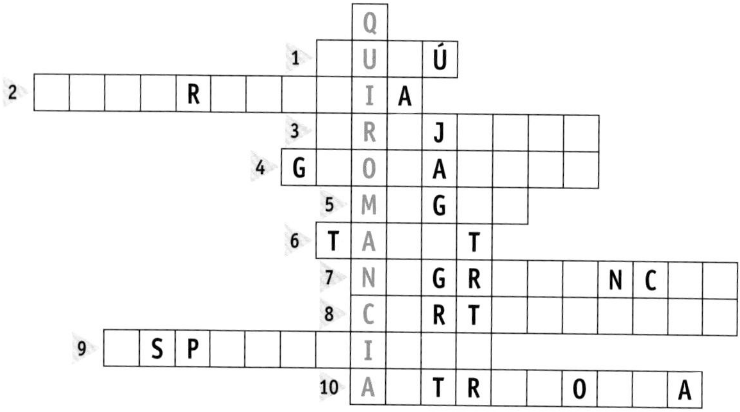

1 Práctica que consiste en clavar alfileres en un muñeco que representa a una persona para que el mal que recibe el muñeco se traslade a esa persona.

2 Adivinación por medio de los números.

3 Práctica y conocimiento mágico asociado a aquellos de los que se supone que poseen poderes sobrenaturales.

4 Sistema de adivinación que se vale de los cuerpos terrestres o de líneas, círculos o puntos hechos en la tierra.

5 Arte, técnica o ciencia oculta con que se pretende producir fenómenos extraordinarios, contrarios a las leyes naturales.

6 Práctica de adivinación que se realiza con una baraja de 78 naipes divididos en 22 arcanos mayores y 56 arcanos menores, utilizada en cartomancia.

7 Conjunto de ritos y conjuros con los que se pretende desvelar el futuro invocando a los muertos.

8 Adivinación del futuro a través de los naipes de la baraja.

9 Conjunto de prácticas para comunicarse con los espíritus de los muertos.

10 Estudio de la influencia que tienen sobre la vida y los acontecimientos humanos la posición y el movimiento de los cuerpos celestes.

28 A mistress Otis parecen convencerle los anuncios basados en el esquema problema-solución. Según este esquema estructural, se presenta a los consumidores un «problema», ya sea real o aparente, para, a continuación y de forma inmediata, ofrecerles «la solución», que siempre consiste en comprar y usar el producto anunciado.

Los Otis son tan prácticos, que ante los diferentes medios que el fantasma utiliza para provocarles miedo, a ellos solo se les ocurre sacar el producto que soluciona el problema:

Problema	Solución
Una mancha de sangre en el suelo de la biblioteca.	Quitamanchas *Campeón, de Pinkerton,* y detergente *Paragón.*
El ruido de hierros oxidados de la cadena del fantasma.	*Tammany Rising Sun Lubricator*
Carcajadas satánicas del fantasma.	Jarabe del doctor Dobelí para la indigestión.

Redacta el anuncio de alguno de estos productos de los Otis siguiendo la estructura problema-solución. Inventa un lema o eslogan fácil de recordar para el receptor.

ENLACES... CON OTROS TEXTOS Y CON OTRAS OBRAS

Con otros textos y con otras obras

29 Lee el siguiente texto:

El monte de las Ánimas (fragmento)

Gustavo Adolfo Bécquer

La noche de difuntos me despertó a no sé qué hora el doble de las campanas; su tañido monótono y eterno me trajo a las mientes esta tradición que oí hace poco en Soria.

Intenté dormir de nuevo; ¡imposible! Una vez aguijoneada, la imaginación es un caballo que se desboca y al que no sirve tirarle de la rienda. Por pasar el rato me decidí a escribirla, como en efecto lo hice.

Yo la oí en el mismo lugar en que acaeció, y la he escrito volviendo algunas veces la cabeza con miedo cuando sentía crujir los cristales de mi balcón, estremecidos por el aire frío de la noche.

Sea de ello lo que quiera, ahí va, como el caballo de copas.

I

–Atad los perros; haced la señal con las trompas para que se reúnan los cazadores, y demos la vuelta a la ciudad. La noche se acerca, es día de Todos los Santos y estamos en el monte de las Ánimas.

–¡Tan pronto!

–A ser otro día, no dejara yo de concluir con ese rebaño de lobos que las nieves del Moncayo han arrojado de sus madrigueras; pero hoy es imposible. Dentro de poco sonará la oración en los Templarios, y las ánimas de los difuntos comenzarán a tañer su campana en la capilla del monte.

–¡En esa capilla ruinosa! ¡Bah! ¿Quieres asustarme?

–No, hermosa prima; tú ignoras cuanto sucede en este país, porque aún no hace un año que has venido a él desde muy lejos. Refrena tu yegua, yo también pondré la mía al paso, y mientras dure el camino te contaré esa historia.

Los pajes se reunieron en alegres y bulliciosos grupos; los condes de Borges y de Alcudiel montaron en sus magníficos caballos, y todos juntos siguieron a sus hijos Beatriz y Alonso, que precedían la comitiva a bastante distancia.

Mientras duraba el camino, Alonso narró en estos términos la prometida historia:

–Ese monte que hoy llaman de las Ánimas pertenecía a los templarios, cuyo convento ves allí, a la margen del río. Los templarios eran guerreros y religiosos a la vez. Conquistada Soria a los árabes, el rey los hizo venir de lejanas tierras para defender la ciudad por la parte del puente, haciendo en ello notable agravio a sus nobles de Castilla; que así hubieran solos sabido defenderla como solos la conquistaron.

»Entre los caballeros de la nueva y poderosa Orden y los hidalgos de la ciudad fermentó por algunos años, y estalló al fin, un odio profundo. Los primeros tenían acotado ese monte, donde reservaban caza abundante para satisfacer sus necesidades y contribuir a sus placeres; los segundos determinaron organizar una gran batida en el coto, a pesar de las severas prohibiciones de los clérigos con espuelas, como llamaban a sus enemigos.

»Cundió la voz del reto, y nada fue parte a detener a los unos en su manía de cazar y a los otros en su empeño de estorbarlo. La proyectada expedición se llevó a cabo. No se acordaron de ella las fieras; antes la tendrían presente tantas madres como arrastraron sendos lutos por sus hijos. Aquello no fue una cacería, fue una batalla espantosa: el monte quedó sembrado de cadáveres, los lobos a quienes se quiso exterminar tuvieron un sangriento festín. Por último, intervino la autoridad del rey: el monte, maldita ocasión de tantas desgracias, se declaró abandonado, y la capilla de los religiosos, situada en el mismo monte y en cuyo atrio se enterraron juntos amigos y enemigos, comenzó a arruinarse.

»Desde entonces dicen que cuando llega la noche de difuntos se oye doblar sola la campana de la capilla, y que las ánimas de los muertos, envueltas en jirones de sus sudarios, corren como en una cacería fantástica por entre las breñas y los zarzales. Los ciervos braman espantados, los lobos aúllan, las culebras dan horrorosos silbidos, y al otro día se han visto impresas en la nieve las huellas de los descarnados pies de los esqueletos. Por eso en Soria le llamamos el monte de las Ánimas, y por eso he querido salir de él antes que cierre la noche.

La relación de Alonso concluyó justamente cuando los dos jóvenes llegaban al extremo del puente que da paso a la ciudad por aquel lado. Allí esperaron al resto de la comitiva, la cual, después de incorporárseles los dos jinetes, se perdió por entre las estrechas y oscuras calles de Soria.

a) Este es el comienzo de una de las más famosas leyendas que Bécquer recogió de la tradición oral y las puso por escrito. Léela completa y después comenta los elementos comunes que tiene con la historia del fantasma de Canterville.

b) Indica al menos tres rasgos que diferencian una historia de otra.

VA DE CINE

30 ¿Te gustan las películas de miedo? Explica en unas líneas por qué.

31 El género cinematográfico de terror suele ser inconfundible para el espectador, pues sus rasgos están muy estereotipados.

Elige una película de terror que te guste y analiza en ella los siguientes elementos, si aparecen en ella:

35

El tema central

- Las preguntas sobre el más allá y lo desconocido.
- La tiranía cruel.
- La amenaza de brujos malignos o monstruos.
- Lo monstruoso, lo anormal escondido en las entrañas de la sociedad, a veces, bajo apariencia inofensiva.
- La pérdida de la identidad.
- La posesión diabólica.
- El miedo a la locura.
- La exhibición sensacionalista de la crueldad humana, bestial o sobrenatural.
- La representación del Mal, en cualquiera de sus muchas variantes.
- Lo oculto o misterioso.
- El inconsciente criminal.
- Las tendencias y deseos más inconfesables.

Los personajes

- Vampiros.
- Hombres lobo.
- Monstruos.
- Fantasmas.
- Brujas, magos malignos.
- Zombis.
- Réplicas humanas.
- Asesinos crueles.
- Seres diabólicos.
- Crueles psicópatas.

El ambiente

- Nocturno.
- Pesadilla.
- Claustrofóbico.
- Onírico.

Los espacios

- Lugares cerrados, claustrofóbicos.
- Cárceles.
- Calles y callejones tortuosos.
- Casas encantadas.
- Edificios tétricos, abandonados.
- Castillos.
- Ruinas.
- Viejo jardín abandonado.

El tipo de iluminación que se utiliza

- Frecuente uso del claroscuro.
- Contrastes de colores.
- Tonos oscuros.
- Colores estridentes.

La banda sonora

- Ambiente sonoro denso.
- Escalofriantes efectos de sonido.
- Ruidos ensordecedores.

Los recursos para producir terror

- Se oculta al personaje una información que ya conoce el espectador.
- Técnica del fuera de campo: la escena terrorífica transcurre fuera del objetivo de la cámara, el espectador únicamente «la escucha» o imagina.
- El personaje se interpone entre la cámara y el elemento terrorífico, tapando la visión al espectador.

El efecto que provoca sobre los espectadores

- Emociones intensas e insólitas.
- Angustia por el protagonista.
- Impotencia ante el desarrollo de los acontecimientos.
- Subidas de adrenalina.
- Aceleramiento cardíaco y respiratorio.
- Sudor frío.
- Necesidad de gritar.

32 A la vista de las características de la película analizada, elabora un breve texto en el que reflexiones críticamente sobre la forma y el contenido del filme.

A DEBATE

33 Texto

Las supersticiones

«Desde el punto de vista de la psicología, una superstición es una creencia, una idea mágica e irracional, cuyo contenido consiste en asociar determinados hechos u objetos con ciertos beneficios o perjuicios. Pueden ser del tipo: si no llevo o hago..., las cosas me irán mal; o, al contrario, si llevo o hago..., seguro que las cosas me irán mejor.

(...) Las supersticiones son creencias que han existido desde tiempos ancestrales. Sabemos que adivinos hubo siempre y que usaron diferentes métodos para conocer y controlar el futuro (flechas y exámenes del hígado los babilonios y persas, vasos de beber los egipcios, varas de haya los germanos...). Actualmente, nuestra sociedad promueve y acepta cada vez más estos pensamientos mágicos, ya que los medios de comunicación los hacen más presentes en nuestros hogares: en televisión, prensa, radio o Internet se ofrece al receptor la lectura de las líneas de la mano, la interpretación del tarot, programas de brujería, el horóscopo, etc. Quizá no es que haya más supersticiones ahora, sino que se difunden más».

EVA M.ª LÁZARO ORTEGA
(http://www.luriapsicologia.com/conductasupersticiosa.pdf)
(adaptación)

a) Debatid en clase el enorme desarrollo que están teniendo en este momento las prácticas supersticiosas y las pseudociencias.

b) Definid la actitud que creéis que es conveniente adoptar frente a ellas.

DE ACTUALIDAD

34 Lee el siguiente texto.

Rinde homenaje a todos los acosados y perseguidos de todas las épocas

POR PILAR FUSTES | **A CORUÑA**
Lunes, 1-12-08

La ganadora del Premio Azorín en 2002 por *La muerte blanca* vuelve ahora a sorprender a sus lectores con un excelente trabajo de documentación y una narración que se mueve entre historia, romanticismo, intriga y fantasía. En plena promoción de *Aunque seamos malditas,* Eugenia Rico visitó la capital gallega, a la que está unida por lazos familiares, y contó a *ABC* los entresijos de la que ella misma denomina como su «mejor novela».

–¿Qué es *Aunque seamos malditas?*

–Es mi quinta novela. (...) Es una novela actual. La nueva novela del siglo XXI que estoy buscando tiene que ser participada, es decir, que el lector se convierta en el detective de la historia.

No es una novela histórica, pero tiene más de cinco años de documentación; no es una novela policíaca, pero tiene una trama de intriga y misterio, y no es exactamente un mito o una fábula, pero tiene ingredientes de ambas cosas.

–Se trata de una novela centrada en la caza de brujas y ambientada en los Ancares asturianos y gallegos. ¿Cómo surge esta idea?

–Yo estaba fascinada por un hecho real tremendo. Quería contar el acoso al que nos hemos visto sometidos todos en algún momento por ser altos, bajos, gordos…; esos pequeños acosos pueden acabar en grandes tragedias. Estaba obsesionada por el holocausto de la mujer en la caza de brujas en los siglos XVI, XVII y XVIII.

Eran mujeres que curaban, como Selena, la protagonista del libro, que era una doctora alemana y fue acosada por los otros médicos por brujería llegando a ser duramente torturada. Es un retorno al mundo literario del norte, de mi infancia, de las historias de mi abuela, enlazada con la literatura anglosajona, con autores como Edgar Allan Poe, tan unido a Cunqueiro o a Torrente Ballester.

(...)

–Está considerada como una de las escritoras fundamentales de su generación. ¿Qué cree que ha aportado su obra a la literatura española?

–Todo escritor, cuando es joven, tiene que hablar con los muertos, es decir, leer, y yo he leído mucho. Esta novela es un homenaje a muchos autores que me han devorado el alma. Intento aportar una nueva visión de la novela. La novela ni se crea ni se transforma. Le debemos mucho a la novela del XIX, pero intento buscar nuevos caminos.

El escritor tiene que intentar ser un artista, aunque sea duro. Dicen de mí que hago novela europea, dicen que hago novela participada, interactiva. Creo que lo que intento aportar, además del amor al lenguaje, es hacer novelas en las que, de alguna manera, podamos encontrar algo nuevo.

(...)

–Por último, es una escritora joven. ¿Adónde le gustaría llegar en su meteórica carrera?

–La literatura es símbolo de la eterna juventud. Es la única máquina del tiempo que funciona. Yo lo que quiero es seguir escribiendo historias que me apasionen y que apasionen al lector.

(http://www.abc.es/20081201/galicia-galicia/rinde-homenaje-acosados-perseguidos-20081201.html)

a) ¿Cuáles son los ingredientes de la novela de Eugenia Rico?

b) En ella se da una visión de la brujería diferente de la que transmiten diariamente los medios de comunicación más sensacionalistas. ¿Cómo lo plantea la autora? ¿En qué hechos históricos se basa?

c) ¿Qué discriminaciones pretende denunciar Eugenia Rico en su novela?

d) ¿Qué pretende aportar la autora al género novela?

e) ¿Qué crees que quiere decir cuando dice que la literatura «es la única máquina del tiempo que funciona»?

SOLO PARA INTERN@UTAS

35 Lectura recreativa:

a) Consulta

http://vickyabro.hypermart.net/cterror.htm

b) Lee las versiones originales de algunos cuentos tradicionales y de terror modificados por la autora.

c) Valora su originalidad.

d) Escoge un cuento tradicional que te guste (puede ser de hadas, de aventuras, de terror, policíaco, etc.) y elabora una versión libre del mismo.

Índice

Prólogo 5

El fantasma de Canterville 9

El crimen de lord Arthur Savile 59

Actividades 115

Este libro se terminó de imprimir
en el mes de febrero de 2014